在流星雨中逝去的妳 1

She was killed by shooting stars.

松山剛

[插畫]珈琲貴族

Kadokawa Fantastic Novels

「就像過去會影響現在，未來也會影響現在。」

——尼采

序章　流星雨

「啊，流星雨！」

孩童指著夜空呼喊。

發出藍色光芒的球體斜斜劃過天空，拖著很長很長的發光尾巴，慢慢變小。這美麗中有著幾分夢幻的光景，在觀看的人心中留下淒美動人的餘韻，隨即像燃燒殆盡的魂魄似的漸漸消失。

「對了，早知道就該許願了……」

孩童遺憾地喃喃說完，母親就在一旁苦笑著說：「是啊。」

但下一瞬間。

孩童發出歡呼，母親的購物袋落地。

藍色流星接連出現在夜空中，轉眼間就化為多得數不清的光箭，填滿天上的世界。四處變得鬧烘烘的，有人從窗戶探頭看，也有人走出家門，整個鎮上的居民都對這突如其來的天文現象看得目不轉睛。

流星雨下個不停。也不知道是幾百顆還是幾千顆，無數光點劃過天空，拖出長長的尾巴，紛紛燃燒殆盡。這美得震懾人心，同時卻又像生命終結的最後一刻那樣令人哀悼惋惜的模樣，讓每個人心中都產生了熱切的感動。

全世界都觀測到了這場流星雨。無論ＮＡＳＡ（美國航太總署）、國立天文台，還是各國的太空機構，沒有一個人料到的這場現象，點綴了全世界的天空長達數小時，集所有話題於一身。也許這是有史以來第一天，全人類都看到了同樣的光景。

這就是二〇二二年十二月十一日——我絕對忘不了的一天。

翌日早晨，人們得知了真相。得知這場流星雨，其實是「氣象衛星向日葵號」、「觀測衛星大地號」、「準天體衛星引導號」、「超高速網際網路衛星情誼號」等一千墜落的人造衛星。不只日本，俄羅斯的「大波斯菊號」、美國的「ＵＳＡ號」、中國的「天宮號」，世界各國名滿天下的人造衛星都拖著發光的尾巴墜落了。

這一天，由一九五七年前蘇聯史潑尼克計畫發端的人造衛星歷史唐突地中斷了。光是已經確知的部分，就有高達數千具人造衛星，包含現役的衛星與已經結束任務而循墳場軌道繞行的衛星，都在不明人物的策劃下失去控制權，衝進大氣層，化為光點消失。原因直到後來都並未查明，懷疑是駭入人造衛星的推論被視為最有可能的原因。然而當有人指出這種駭客行為是否真的有可能辦到，無論是什麼樣的專家對此都無法回答。

這一連串現象由於有著壓倒性的迷人光景，被譽為「全世界最美麗的恐怖行動」，後來則改以「大流星雨」這個簡單的名稱來稱呼。「12／11恐怖行動」這個不解風情的名稱到現在都並未普及。

也不知道該不該說是不幸中的大幸，沒有一具衛星墜落到地上。由衛星扛起的氣象觀測與GPS等工作都因此面臨了重大障礙，而且也有不少人因而受傷，例如因為看流星雨看得出神而引發車禍，或是爬樓梯時一腳踩空等，但地上沒有人因此死亡，這件事本身就可說是一個奇蹟。

只是，這個情形只限於「地上」——

這場流星雨當中，有唯一的犧牲者。

第一章　現在

【2025】

西元二〇二五年十一月三十日十六點七分。

三坪一房格局的破公寓外傳來ＪＲ總武線的平交道警鈴聲，電車伴隨著這間歇性的節奏開過。從窗簾縫隙間射進的橘色光線慢慢改變角度，今天這一天也即將結束。這是在地球的自轉下，這個行星不斷重複的運行週期。

「啊……！」

畫面上，堆高的方塊應聲崩塌，巨龍噴火，螢幕閃爍。「ＧＡＭＥＯＶＥＲ」字樣冒出，各個字母隨即像撞球一樣五彩繽紛地迸開。

「差一點就可以集滿了啊……唉～」

我把智慧型手機往書桌上一扔，就聽見空的啤酒罐喀啷一聲倒下。我在這滿是酒精味的房間裡，抱著不知道是宿醉第一天還是第二天的腦袋，搖搖晃晃地站起。打開冰箱一看，徹底空無一物。

我披上磨破的大衣，打著呵欠走向玄關。跨過腳下的大疊舊雜誌與催繳單，打開門一看，世界就被自己呼出的氣染成一片全白。記得天氣預報說今年冬天是近年來最冷的一次，可恨的是看來這並不是在胡說。

——為什麼會弄成這樣？

我走下有著粗糙鐵粉，生了咖啡色鐵鏽的樓梯，走向酒館。今天、昨天、前天，我都在同樣的時段走在同一條路上，我的運行軌道就這麼不斷重複。眼看二字頭的年紀就要過了一半，我卻還找不到固定工作，把父母留下的遺產坐吃山空地過活，不知不覺間，變得從大白天就在玩手機遊戲。只有支出不斷增加，連一圓都賺不到的生活——ＣＰ值爛透了。

我正如此回顧自己的半生，一陣乾澀的風吹來，幾張舊報紙飄過來貼在我腳下。

『大流星雨過後三年——ＪＡＸＡ（宇宙航空研究開發機構）召開記者會，表示發現了新的衛星碎片』。

這種標題映入眼簾，我一腳踢開報紙，但報紙仍纏住我的腳，讓我硬是很不耐煩。

「真的假的……」

去到常去的酒館一看，我的不耐煩更是火上加油。

店門口拉下了灰鐵色鐵捲門，掛著臨時休業的告示。用膠帶隨手貼上的傳單背面有著不漂亮的手寫字跡，寫著「暫停營業」，鐵捲門上還有附近的壞孩子用噴漆噴的有點像又不是很像的麥可傑克森，構圖十分奇妙，搞得像是麥可傑克森暫停營業。

從這裡往前，大概只有還要再走一段路才會到的超商可以買到酒。

「啊～～該死，運氣真背……」

我鏗的一聲一腳踢向旁邊設的垃圾桶，就在這個時候——

「平野……？」

——糟糕。

為什麼我會反射性地有這樣的念頭呢？

「啊，果然是平野……」

她有著透出倔強個性的筆直眉毛、睫毛很長又清秀的眼。一頭烏黑直髮被夕陽照得發出耀眼的光芒。

盛田伊萬里。是我高中時代的同學，也是住得還算近的朋友。她撐著拐狀，拖著右腳行進，是因為發生過車禍，到現在還是不良於行。

「好久不見啦。你戴著眼鏡，害我一瞬間認不出是你呢。」

「……嗯。」

「我們住得很近，但都不太會見到耶。」

她朝我露出豁達的笑容，頭微微一歪，彷彿一種親暱的證明。

——她變了啊。

盛田伊萬里，高中時代給人一種有點學壞的印象。當時她的頭髮也染成金色，而且還示威似的在頭上綁得老高。現在則變成了一頭顯得很柔軟的黑髮，輕輕披在肩膀上。這沉穩的髮型，彷彿象徵著她已經穩定下來的現狀。

「平野是來買東西嗎？」

「嗯，嗯……差不多。」

我仰頭看著拉下鐵捲門的酒館，聳了聳肩。我在內心自嘲：就算我們是老朋友，還真虧她會開口找上這麼一個滿身酒味的無業男子說話啊。

之後我們又聊了幾句，話題馬上就用光了。

為了填補沉默的空檔，我試著提起自己知道的事情。

「對了，聽說妳結婚了。恭喜。」

「嗯，謝謝你。」

她坦率地點點頭，然後有點怨懟地噘起嘴說：「發了帖子，卻從你家退回來了。」

「啊~~不好意思，我搬家了。」「你現在住哪？」「叫星雲莊，一棟就在附近的破公寓，牆上都爬了藤蔓。」「咦，會不會太近了？從你老家過去只要十分鐘左右吧？是被爸媽趕出來了嗎？」「我爸媽離婚了。」「這樣啊……」

我想揮開這變得有點令人難過的氣氛，開玩笑說：

「只是不管怎麼樣，我想我都不會去參加妳的婚禮啦。」

「為什麼啦～～」她有點笑著反駁。「為防萬一，我都有準備你的位子，而且涼介也好想見你呢。」

「怎麼可能？」

「哪有什麼怎麼可能？你們不是好朋友嗎？」

「他應該不這麼想吧，都已經是『大醫師』了。」

我聳聳肩，她就露出有點落寞的表情，補上一句：「是真的啦。」

冰冷的風吹過，我們各自全身一抖。太陽彷彿宣告這一天就要結束，壓低了臉，從背後照著她。

她被夕陽照亮，我被酒館的屋簷遮在影子裡。為什麼我會隱約覺得無地自容呢？是因為酒醒了？還是因為醫師夫人與無業人士之間的身分差距？

「……那我差不多要走了，也愈來愈冷了。」沒聊上幾句我就道別，轉過身去。

「啊，平野！你知道要開同學會吧？」

「同學會？」

「就是二A的同學會啊。你應該有收到通知郵件吧？」

聽她這麼一說，就覺得似乎有過這回事。

「你會來吧，明天。」

「是明天嗎？」

「是啊。你沒看信嗎？」

我完全沒打算去，所以連日子也沒記住。

這時她若無其事地說了：

「大家說在同學會前，要去掃『外星人』的墓。」

我感覺到自己的臉頰抽搐。

「……是這樣嗎？」

「來啦，平野。難得大家聚在一起。」

「我有興致的話啦。」

「我會等你。」

伊萬里留下這句話，轉過身去。她撐得枴杖吱吱作響，拖著腳走遠。

夕陽照耀下的身影拖出長長的影子，遲遲不從我的腳邊分開。

○

「喔～～平野，你很慢耶～～」

「啊啊，抱歉，我有點事在忙。」

「你都沒變啊～～不過，是不是瘦了點？」

「也許吧。」

隔壁市區的一間連鎖居酒屋二樓。平常是租給團體客用來開宴會的和式座席包廂裡，塞了大約三十名男女。參加率大約八成，比我預料中來得多。

我晚了一小時參加這場同學會。一走進會場，就瞥見伊萬里的身影，她朝我輕輕舉起手。我撇開目光，莫名地已經開始後悔自己為什麼要來。

我沒去掃墓。早上猶豫來猶豫去，時間就這麼過去，我終於下定決心，已經是在伊萬里打了電話來以後的事。等我慢吞吞地拖著宿醉的身體，好歹刮了鬍子，披上唯一一件最好的西裝外套，都已經過了開始時間。沒熨過的西裝皺巴巴的，有點霉味。

「一朗有來嗎？」「梅西你氣色不錯嘛。」「這叫法好懷念啊。」「咦，宇宙跟黑洞沒來嗎？」「宇宙感冒請假，所以黑洞大概也沒來吧。」「畢竟那兩個是一組的啊。聽說也聯絡不上恆野。」「怎麼？那美女就只剩駱駝蹄一個啦？」（註：從「盛田伊萬里」取「盛萬」兩字的讀音，就變成形容女性下體隔著衣物隆起狀的moriman）「喂，小心別的女生宰了你。」

每個人都用以前的綽號相稱，懷念地打著招呼。雖然也有不少人變胖變瘦，外表有點不一樣，但畢竟是老朋友，從氣氛就隱約認得出來。

「涼介沒來嗎？」我也用目光尋找過往的好友。

「啊～說是有急患，所以會晚到。」

「集換？」

「你也知道，他是醫生啊。」

我晚了一拍才意會到不是「集換」，是「急患」。

「真沒想到涼介竟然會當上醫生啊～」「對啊對啊，他在班上的成績可是倒著數比較快啊。」「不知道是不是腦筋本來就好。」「那當然了，畢竟他老爸是醫生，腦筋一定很好啊。」

朋友們聊得熱絡，我也隨口應聲，打成一片。所幸也因為幾乎所有人之間都很久沒見面，不至於只有我一個人顯得格格不入。最近我很少和人見面，所以覺得談話的節奏好快。

「平野，你現在做什麼工作？」

「我？也沒什麼……在家鄉應付應付。」

我不及細想，無謂地吹牛敷衍。其實我只是個無業人士，連兼職的工作也做到上個月就不做了。

「是喔，這樣啊？也是啦，你這麼靈巧，一定賺很多吧。」

「咦？」

「你從以前不就是這樣嗎？不管是考試分數還是學校課題，你都很會抓重點，用最低限度的成本過關嘛，像大考的猜題更是神。」

開了頭以後，話題轉移到我身上。

「啊～～沒錯沒錯，平野在這方面真的很高竿。像考學校也是應屆就考上～～」「該怎麼說，CP值很高啊。」「哪像我，不但重考還留級呢。虧我根本都沒在摸魚。」「那只是你腦筋不好。」大家哈哈大笑。

上班族、上班族、公務員、自行開業、專職主婦、上班族、公務員——我依序看著這群朋友的頭銜。或許是長年的習性影響，我的心思立刻就會開始幫對方「估價」。

這小子是推薦入學，就業也是教授推薦，家鄉的信用金庫——CP值高。

旁邊這個成績差，高中畢業就直接進了微型企業——CP值普通。

對面那個重考考上知名私立大學，現在卻是中小企業的約聘人員——CP值最差。

那邊的女生在學生時代只勉強沒留級，但跟律師男友結婚——CP值最高。

我一邊偷聽大家聊回憶，一邊一一判定他們的「Cost Performance」。用國語說就是「成本效益」。能用愈少的成本得到愈多的效益就愈好。在我看來，扣掉一小撮成功者，班上大部分的人都過著CP值很差的人生。從高中時代就很抓不到要領的人，到頭來就算長大成人還是做不好工作。

——然而……

我喝了一口啤酒。莫名覺得自己非常格格不入。就連只是兼職或非正職的朋友，看起來都遠比從白天就在打社群遊戲，把父母遺產坐吃山空的我要來得像樣多了。讀同一間高中，成績也差不多，我明明CP值和要領都好得多，為什麼會有這麼大的差距？太不公平了。

「說到這個——」有人把閒聊延伸出去，提起了一件事。「流星雨的時候，你在做什麼？」

一聽到這句話，我立刻感覺到身體僵硬。

「有看到有看到，我是回家途中看到的。真的是嚇一跳。」「啊～我當時留在公司加班。職場的那些人全都從窗戶探頭出去，那天根本就沒辦法好好工作。」「我懂我懂。像我還一直用手機直播。」「那真的是讓人嚇一跳耶。」

三年前的「大流星雨」，如今不只是日本，已經是全人類共通的話題。就像發生過重大震災後，人們會互相問起：「當時你在做什麼？」大流星雨可說是這類話題中格外好用的一個。畢竟每個人都知道這回事，也都目擊到了。

而且每個人都覺得那幅光景很美。

其實那既不是天文現象，也不是天災，而是前所未聞的恐怖行動，理應不是可以輕鬆拿來談笑的話題。然而，就像所有震災或戰火，都會隨著時間經過而不得不風化，大流星雨也不例外，如今已經開始被當成歷史事件之一而膾炙人口。

「對了，說到流星雨啊——」有人把話題接了下去。「你們不是去掃『外星人』的墓嗎？」

——別說了。

「那情形怎麼樣？」「哪有怎麼樣，也沒什麼啊。就是有個小小的墓碑，我們就點了線香。」「也是啦，我也沒和外星人說過話。」「可是好厲害啊，畢竟她可是史上最年輕的太空人耶。」「是啊，當時大家真的好狂熱耶。」「記得她父母也都是太空人吧？」「沒錯沒錯。」「然後她爸媽就在太空上床，生下的就是她，所以是外星人。」

這個話題繼續下去。為了躲開在上空交錯的言語子彈，鎮住體內悶燒的火焰，我一直低著頭，小口小口喝著啤酒。但這是無謂的抵抗。一句話成了汽油，讓我的憤怒竄出火苗。

「不過死了也就沒戲唱了啦。」

「——啥？」

就像不良少年找碴似的，耍狠的低沉聲音。怎麼聽都不像是自己的聲音。

「你，剛剛說什麼鬼話？」

「咦?」

被問到的人嚇一跳,睜圓了眼睛。這個坐在我斜前方的人,是待過足球校隊的飯田——記得綽號叫梅西。他一天到晚投入社團活動,重考兩年,之後——是如何呢?投入根本當不上職業球員的運動,在我看來是CP值最差的人。可是現在這些事都不重要。

「喂,你這小子。」

我像個黑道似的耍狠。一瞬間,坐在別桌的伊萬里的臉孔映入眼簾,但我已經停不下來。

「梅西,你剛剛說了什麼鬼話?死了就沒戲唱?你是這麼說的嗎?」「等、等一下啦,平野,你發什麼瘋啦?」「我才沒發瘋。」「不,明明就有吧?還是你喝醉了?」「回答我的問題!」我磅的一聲往餐桌踹了一腳,使得玻璃杯翻倒。我本來不打算做到這個地步,但裝菜的盤子掉到地上,玻璃破掉的聲響盛大地合奏。其他桌也變得鴉雀無聲,所有人都朝我看了過來。

接下來就只有愈演愈烈。

「大家一起開心地拿死掉的朋友下酒是吧!你們可真高尚!」

我大聲呼喊,一把揪住飯田的胸口。

「喂,別這樣。」「你找什麼碴啊。」「平野,你冷靜點啦。」

周遭的朋友們跑來勸架。我不理他們,一把將他揪過來。飯田失去平衡而跌倒。又有玻璃杯倒下，女生發出尖叫。

「你說話啊，喂！她死了耶！講死掉的人很開心嗎！還講什麼流星雨怎樣！很漂亮？啥？漂亮？啥？要知道她就是被那個害死的啊！」

我粗暴地更加用力，飯田的喉嚨發出「唔！」的一聲怪聲。

就在這個時候——

「大地！」

隨著一聲叱喝，身後一股很強的力道拉住我，轉眼間就把我從對方身上拉開。我回頭一看，看到懷念的臉孔，讓我驚覺地回神。

「涼介……」

山科涼介，以前在班上常跟我混在一起的朋友，現在是醫生，盛田伊萬里的丈夫。從高中三年級才急忙開始準備考試，卻應屆就考上國立大學的醫學系——CP值最高的成功者。

我們好久沒見，他的身高比留在記憶中的他更高，染成咖啡色的長髮也剪短，換成了乾淨的黑色短髮。面相也變得精悍許多，不知道是出於身為醫師的使命感，還是身為有家庭的丈夫該有的責任感。

「大地你怎麼啦？一點都不像你。」

他很擔心似的說。他穿著一身看一眼就覺得剪裁很好的西裝，戴著高級品牌的手錶。相較之下，我則穿著皺巴巴的唯一一套西裝，戴著便宜貨手錶。醫生和無業人士──天壤之別。

「……囉唆。」

我回得粗魯，但到了這個時候，我心中才開始湧現覺得可恥的情緒。本來我萬萬不想在涼介面前醜態畢露。

涼介看著我，哀傷地皺起眉頭，蹲下去關心受害者說：「……梅西，你還好嗎？」

「咳……還、還好……！」

飯田還難過地咳嗽，以提防的目光看著我，襯衫被扯下了一個鈕釦。

「大地，發生什麼事了？」「不關涼介你的事。」「喂，我說真的，到底怎麼了？你喝醉了嗎？」「少囉唆，你閉──」就在這個時候。

爆出「啪」一聲響亮的聲音。我挨了一巴掌，就像被ＫＯ的拳擊手一樣，重重坐倒在地。

整個世界扭曲變形，開始旋轉的視野裡……

「早知道就不該找你這種人來！」

盛田伊萬里拄著枴杖，維持揮出巴掌的姿勢不動，在哭泣。

○

我感覺到鼻頭一陣冰冷。

慢吞吞地抬頭一看，灰色的天空下起一滴滴的雨。

後來同學會就在尷尬的氣氛下結束，所有人都已經離開。涼介與伊萬里一直留到原訂散會時間，但看我一直鬧彆扭地喝酒，他們最後一臉悲傷地離開了。看著伊萬里拄著枴杖行走，涼介攙扶她離開，就覺得落寞得不得了。

我被趕出店後，在附近的矮樹旁坐下，失魂落魄地發呆。雖然也想過要早點回去，但又不想在路上撞見同班同學，於是無所事事地坐在那兒。行人以狐疑的目光看過來，但當我一抬頭，他們就會撇開視線走遠。

直到剛才我還急怒攻心，揪住朋友的胸口，現在卻覺得那一切都不像真的。挨了一巴掌的右臉頰被雨淋濕，熱辣辣地作痛。哭泣的伊萬里、涼介那像在憐憫我的眼神，早知道就不該找你這種人來，早知道就不該找你這種人來，早知道就不該找你這種人來——伊萬里的這句呼喊一次又一次在腦中播放。就是啊，早知道我也不想去啊。被收了五千圓參加費，還被打了一巴掌，大出洋相——CP值根本糟透了嘛。

最糟的就是那句話。

——不過死了也就沒戲唱了啦。

她死去以後這三年，電視上一再播放她的身影、她的出身、她的灰姑娘故事。明明每個人都不了解她，卻以一副很懂的口氣在評論，一臉很懂的表情在講述。這種情形讓我打從心底厭煩。我討厭人們就像吃飯時開著沒人管的電視上所播放的新聞那樣，隨口消費她；我討厭大家把那場流星雨說得好像只是一幅風情畫。死了就沒戲唱了？悲劇的女主角？你們到底了解她什麼了？

一滴滴水珠從瀏海滴下，弄濕了眼鏡。被伊萬里打歪鏡框的眼鏡就像不好笑的諧星那樣掛在鼻尖。拿掉眼鏡一看，視野變得更加模糊，雨水直接滴進眼睛。水珠沿著眼角流動，搞得好像我在哭一樣，讓我更加不痛快。

「……？」

——咦？

忽然間，雨滴不再滴落。

抬頭一看，一名女性站在我面前。她撐傘幫我遮雨，一雙大眼睛擔心地看著我。

「——學長。」

這名女性用銀鈴般的嗓音對我說話。她用傘替我遮雨，弄得雨點打在她肩膀的黑髮上，順著她的頸子流下。一頭美麗的黑色半長髮，吸了水而變得沉甸甸的。

「我們回去吧，學長。」

「妳找伊萬里問到的嗎？」

我無視她的話這麼一問，她就微微點頭。

仔細一看，她的鞋子沾滿了泥土，襪子也被像是飛濺起的泥水弄髒。看出她為了找我而四處奔波，就有種像過意不去，卻又像是最不想見到她的感覺。

「我們回去吧，學長。」

「不用，我一個人回去。」

「會感冒的。」

「不會有事。」

「會有事。」

「妳自己回去。」

「學長不回去，那我也不回去。」

抬頭一看，她的臉是糊的。

我再次從口袋裡拿出眼鏡，也不管鏡框變形，就這麼歪斜地戴上，結果看到的是一張像是隨時都會哭出來的雪白臉龐。

惑井葉月——從小就常玩在一起的朋友。

她白嫩的臉頰漲紅，被雨淋濕的身體冷得發抖，一雙大眼睛水汪汪地映出我。

葉月為了不讓淚水奪眶而出，微微瞇起眼睛，然後再度用那銀鈴般的嗓音——用那彷彿是純潔靈魂表徵的美麗嗓音，叫了我一聲「學長」。

「我們一起回去吧？好不好？」

【recollection】

「天野河……？」

第一次聽到這個姓氏，是在八年前。早不來晚不來，在高中二年級的初夏這種不上不下的時期，她——天野河星乃，轉學到了這間學校。只是她從第一天就從不曾出現在學校，我還記得「天野河星乃」這個像藝名的名字放在學生名冊最上面，硬是顯得格格不入。

傳聞我倒是聽得很多。

「欸，你知道嗎？轉學來的天野河星乃同學，就是那個『太空寶寶』。」「那是什麼？」「咦，你不知道喔？維基都有寫啊，說是第一個在太空誕生的人類。」「好猛，那她是名人嘍？」「很有名很有名。像我家爸媽就有夠震驚的。」

星乃無疑是個名人，她的父母都是ＪＡＸＡ所屬的太空人。光這點就已經是非常搶眼的經歷，但以她的情形而言，還有更加特異的「出生」，才是她大受矚目的原因。

人類史上第一個在太空誕生的生命。

天野河星乃的父母是「ＩＳＳ（國際太空站）」的成員，彌彥流一與天野河詩緒梨。兩人在搭乘中有了男女間的結合，創造了一個生命。這個生命就是「星乃」。雖然終究是在回到地球後才在地上的醫院生產，但從人類史上第一個在宇宙空間創造出來的生命這點來看，她無疑是獨一無二的。不只是與生俱來，而是還在受精卵的階段就成了全世界矚目的焦點。出生時就被全世界當成世紀大新聞報導，還像稱在王室出生的嬰兒為「王室寶寶」，也有人稱她為「太空寶寶」。

不管怎麼說，她就是個從出生的瞬間就已經受到全世界矚目的人物。包括從受精階段就在太空度過這一點，她的成長過程對全人類以及在醫學上，都是珍貴資料的寶山。她的成長紀錄，不只是身高體重，從詳細病例、血液成分的變遷到ＤＮＡ的解析，一切都被徹底記錄下來。ＪＡＸＡ就不用說了，還和ＮＡＳＡ、ＥＳＡ（歐洲太空總署）、ＣＮＳＡ（中國國家航天局）、Roscosmos（俄羅斯航太國有公司）等全世界的航太機構共同管理。另外，星乃從幼年期就展現出超人般的智商與天才般的頭腦，也大大引起世人的矚目，這些特質與她獨特的出身之間的關連性更是全世界注意的焦點。「接受太空輻射照射，大腦就會發達」這樣的謠言也傳得繪聲繪影，還發生了文部科學省正式否定這種說法的罕見情形。星乃的外貌比常人來得美，也讓報導更加狂熱。

只是，星乃的出身雖然光鮮亮麗，她上半輩子的際遇卻絕對說不上是得天獨厚。轉折發生在她十歲的時候，父母因為意外相繼過世。據說之後她尋求親戚的收養，被踢皮球而居無定所。最後被父母的朋友收養，搬到這月見野市來。她會轉學到我讀的高中，也是出於這樣的原委。

我第一次見到她的那天所發生的事，到現在我還記得很清楚。

高中二年級的第一學期，結業典禮結束後的下午。明天就開始放暑假了，我卻滿心都是憂鬱。

「真沒想到原來是真理亞伯母的養女……」

這一天，我前往天野河星乃住的公寓。是熟人拜託我：「這孩子很不會跟人來往，如果你不嫌棄，希望你跟她做朋友。」

坦白說，我很提不起勁。根據我聽到的消息，天野河星乃這個少女是所謂的繭居族，厭世傾向相當重。像我這樣素未謀面的男生傻傻地跑去，結果顯而易見，肯定會吃閉門羹。但我還是拒絕不了這個請求，是因為這位熟人——惑井真理亞，對我低頭拜託，我也只好心不甘情不願地答應：「那我只幫忙把講義帶去給她喔。」

「是這裡啊……」

我仰望目的地所在的公寓。名稱叫銀河莊，是以不動產為副業的惑井真理亞負責管理的房子，離惑井家也是近在咫尺。明明收為養女卻還這樣分居，由此就足以窺見問題有多嚴重。看這樣子，是「病得很重」。

「唉～～還是趕快辦完事情回去吧。」

這個時候我還不知道，這將是一次深深左右往後命運的邂逅。

「二〇一號室……應該是這裡吧。」

老舊公寓裡，這些都分不清是黑色還是藍色的門當中，就只有這個房間的門顯得格外牢固。是只改造了門嗎？又或者是重新粉刷過？

總之我先按門鈴。

我看著形狀有點奇怪的對講機等待，結果……

『——請問是哪位？』

過了一會兒，傳來一個顯得相當狐疑的說話聲。

「那個，我是妳在月見野高中的同班同學，叫作平野大地。然後——」

『不用了。』

「什麼？」

一聲斷訊聲後，對話中斷。「那個，等一下，喂？」我不斷呼喚，但沒有回應。

——喂喂喂。

我想到也許她誤以為我是來上門推銷的，於是再按了一次門鈴，但不管等了幾分鐘都沒有回應。我早聽說過她很厭世，但這實在超出我的想像。呃，還是說繭居族就是這麼回事？我左思右想，但總之結論早已確定。

回家吧。

「呃～～那第一學期的講義和暑假作業，我就放在這裡了。」

我隔著門說完這句話，把裝在塑膠袋裡的整套作業掛在門把上。總之這樣我的任務就完成，要拿來當成對真理亞伯母辯解的材料應該是夠了。與其直接見面，大費脣舌地解釋，就這麼回去CP值還高得多。

我把該做的工作做完，走下公寓的樓梯。滿是鐵鏽的樓梯不但狹窄，而且總覺得有一層粉末，一不小心就會摔下去，讓我走得很害怕。我小心翼翼，一階一階，先探穩落腳處才慢慢走下去。以後應該也不會再爬上這樓梯了吧。

我正這麼想著……

「……？」

忽然有東西從我眼前緩緩飄落。

——咦？

無數Ａ４大小的紙張撒往公寓的前院。這些紙張化為雜亂的紙流，紛紛落下。

「啊……！」

抬頭一看，一名少女站在公寓二樓。首先映入眼簾的，就是她一頭及腰的黑髮。每當有風吹起，那分不出是睡到捲翹還是本來就捲翹的頭髮就會變得亂糟糟的。像是鬆垮體育服的外套反射出白色的陽光。厚瀏海下，一雙發出冰冷目光的眼睛俯瞰著我，脖子上掛著像是耳機的東西，手上則拿著我剛剛才掛到門把上的塑膠袋。

——她，就是天野河星乃。

當我認知到這點，她已經把手上的塑膠袋往下倒。裡面裝的東西受到地球重力牽引，嘩啦啦地落下，散亂地撒往公寓前院。

「等等，喂！妳搞什麼……！」

我趕緊去撿講義。從袋子裡倒出來，加上吹著強風，讓紙張飛得到處都是，三兩下就弄得無法收拾。

「回去。」

「等一下啦，我得收拾這些——」

「你回去就對了。」

就在下一瞬間。

啪一聲清脆的聲音響起，有個物體從我臉頰旁掠過。

「……咦？」

抬頭一看，她手上舉著一個東西。看起來是個有著「ＵＦＯ」外型的布偶，但布偶中斷斷續續傳來啪啪作響的爆裂聲。

空氣槍——當我認知到這點……

「妳開什麼槍啦！」

啪！

「不要射了啦！很危險耶！」

啪、啪！

好痛，別這樣！唔哇！每當子彈打中，我都發出慘叫，就像跳著蹩腳的踢踏舞似的連連抬腳。

「喂，妳！給我記住！」

我一邊喊出這句對女生說出來實在遜到極點的台詞，從公寓前面逃開。講義之類的東西我全都丟在一旁，感覺就像一隻被人拿獵槍追趕的野獸。

等我逃出公寓前院，好不容易完成避難。

「好痛……搞什麼鬼啦，真是的……」

我捲起制服褲管，看到有紅色斑點般的彈痕——不，這情形也許該說是槍傷？——

像北斗七星散布在腿上。

「太凶暴了……」

這就是我與她的第一次接觸。

【2025】

叫醒我的是手機鈴聲。

一九一四年，霍爾斯特作曲的《行星組曲》——第四曲《木星(Jupiter)》。

「唔……」我想吐。

星乃出現在我昨天的夢裡。夢境之所以格外真實，也許是因為我跑去參加什麼同學會。我在夢中遭到了「槍擊」。我覺得這疼痛還留在身上，忍不住捲起褲管，但腿上當然沒有北斗七星。

鈴聲還在響。

我勉力撐起吸飽酒精的身體，搖搖晃晃地將手伸向前。我看了智慧型手機畫面，正要關掉，但想起昨天的事情，還是按下了通話鈕。

『——學長。』

打電話來的人——惑井葉月，以銀鈴般優美又惹人憐愛的嗓音叫了我一聲。

『請問……學長現在，方便講電話嗎？』

「可以。」

『學長身體還好嗎？有沒有感冒？』

我回答沒事，她就由衷鬆了口氣似的說聲：「太好了……」我想起昨天淋著雨來接我的她臉上的表情。

『我準備了午餐在冰箱裡，不嫌棄的話，還請學長拿來吃。』

——啊……

打開冰箱一看，裡面放著好幾道裝在保鮮盒裡的菜。我一隻手打開蓋子，看見裡頭裝著馬鈴薯燉肉與金平牛蒡等菜色，還放有冷凍的白飯。

葉月……

湧起感謝的心情同時，我對她為何願意這麼關心我覺得非常不可思議。她有著像是日本人偶被賦予靈魂的清純容貌，以及這年頭已經很罕見的內斂個性，是個一切都完美得過火的美人。一個如此配得上和風美人這個形容的青春玉女，為什麼要和一個髒兮兮的無業男子扯上關係？我完全想不到理由，而且如果我是她，絕對不會做CP值這麼低的事情。

『然後，我有一件事一定要告訴學長……』

「怎麼啦？這麼鄭重。」

『「家母」說，想見學長一面。』

「真理亞伯母想見我？」

葉月的母親惑井真理亞，我從小就認識。我們住得近，兩家多年來一直有來往。我會認識星乃，也是因為真理亞介紹。

「那去妳家就可以了吧？」

『不是的，家母因為工作，暫時回不了家，所以說希望學長跑一趟「筑波」。』

「我應該說過我不會再去那裡了。」

『就是說啊……我也跟家母這麼說過，但她無論如何都堅持要學長去。』

「說起來真理亞伯母到底有什麼事？房租她不是還願意寬限嗎？」

『不，似乎不是要談房租，是——』

葉月顯得難以啟齒，吞吞吐吐地說了。

『是有關……星乃學姊的事。』

我聽到鏘一聲。是我手上的杯子脫手摔破的聲響。

「妳說星乃怎麼了？」我也不管碎片散了一地，立刻反問。

「『說是找到了她的遺言』。」

○

ＪＡＸＡ筑波太空中心。

入口處那塊以大紅字體寫著「特種戒備中」字樣的牌子，是早在大流星雨發生之前就設立的，到現在仍是正門最醒目的東西。牌子右邊有著像是從圓蛋糕切下三分之一的日晷，也和以前沒有兩樣。

——還有時間啊。

我看著遠處展出的那全長達五十公尺的「Ｈ－Ⅱ火箭」實機，腳步自然而然走向最左邊的建築物。那屋頂像魚漿條的建築物，則是常設展示館「太空巨蛋」。聽說大流星雨過後一度暫時休館，但最近因為發射萬能衛星「鳳凰」，又開始展示了。

——這裡也已經三年沒來啦……

館內人影稀疏，只有兩組親子來賓，剩下的都是工作人員。幾乎所有人造衛星都已經消失的現在，這裡頂多只剩下作為歷史博物館的意義，所以也無可奈何。

整體空間有些昏暗，四處有打燈照明，這點也和之前沒兩樣。正前方看得到百萬分之一比例尺的地球，更後面有著叫作Orbital Vision的巨大螢幕，再過去則有這個設施最大看點所在的模型。

那就是ＪＡＸＡ與民間太空企業共同開發的多功能型人造衛星，名叫「鳳凰」。這是和民間大型太空企業Cyber Satellite進行技術合作，將負責運送物資到ＩＳＳ的無人補給船「幸福之鳥號」升級而成的多功能衛星，用來頂替因大流星雨而損失的人造衛星群。發射到太空後，稱為「蛋」的人造衛星群就會從本體分離，肩負起通訊、觀測、氣象與ＧＰＳ等多種工作。當然這種功能是要和歐美、俄羅斯與中國等國的人造衛星合作才得以發揮功效，但對大流星雨過後，在人造衛星領域幾乎完全仰賴外國的日本而言，堪稱是一次起死回生的嘗試。外觀也相當有特色，往左右張開的巨大太陽能板令人聯想到飛鳥的翅膀；兩隻機械手臂則像鳥的雙腳。站在日本的立場，這個衛星就會為今後計劃發射的衛星群提供一個立足點，又能和外國已經先行發射的衛星群連線，即使對全人類而言，也可說是個橋頭堡。決心不讓大流星雨那時的悲劇發生而冠上的不死鳥「鳳凰」這個名稱，也灌注了所有相關人士熱切的盼望。

發射時全球直播報導而大受矚目，收到成功消息時更引得全日本沸騰。在這個成功的觸發下，日本完全進入復興的氣氛，換個角度來看，慘案的記憶也開始風化。總覺得每年十二月的追悼典禮之所以會漸漸變得像是一種例行公事，也是這次成功的影響。

走過這具「鳳凰」，最裡面的就是ＩＳＳ日本實驗艙「希望號」的等比例模型。反射出銀光，像倒下的巨大空罐的是「船內實驗室」。上面還有個像是安上去的頭部的「船內保管室」，更裡面看得見伸得長長的機械手臂，後方有船外實驗平台。

腦海中掠過曾經和我一起來到這裡的那名少女的臉龐。

——大地同學，你看！那就是「希望號」！是爸爸設計的！

她最喜歡ＩＳＳ了。尤其她一直夢想著有朝一日，自己也要搭上由她父親設計的日本實驗艙「希望號」。可是等到這個夢想實現的時候，她就在這裡——

「你果然在這裡啊！」

以女性而言有點低沉，但一點都不客氣的大聲說話聲。

回頭一看，看見一名高挑女子站在那兒。她的左臉斜斜竄過一道很大的舊傷，睡翹的銀色短髮飄逸搖動，耳朵上戴著小小的星型耳環。

「好久不見啦，大地。」

這名女性瞇起一雙大眼睛，露齒微笑。

「來，咖啡。」

「謝謝。」

「黑咖啡可以嗎？」

「喝什麼都可以。」

我小心翼翼地從她手上接過紙杯，不讓裡面的黑咖啡灑出來。我啜飲一口，大杯馥緹咖啡的濃郁滋味刺激舌頭，直衝我宿醉的腦袋。

「我們四處晃晃吧～」

她晃著一頭有如白老虎般充滿魄力的銀髮，邁步走在我身前。天氣是和她的頭髮同樣一片全白的多雲，不時吹起的風冷得刺骨。

惑井真理亞，曾任ＩＳＳ日本實驗艙「希望號」管制官，同時也是ＪＡＸＡ大流星雨對策本部副負責人／衛星危機管理總監。這是三年前新設的職位，但聽說現在已經是ＪＡＸＡ內最忙碌，責任也最重的立場。這三年來，我就好幾次看到她出現在電視記者會，想來原本應該是我高攀不上的人物。實際上由於長年來家住得近而有來往，覺得她就只是個年長朋友的印象總是揮之不去。

我們經常通電話，但已經幾個月沒見了。熬夜讓她有黑眼圈，但修長緊實的身材與健康的小麥色肌膚，都給人一種像是衝浪手的印象。她豪邁磊落的個性配上臉頰上那道大大的舊傷，讓ＪＡＸＡ裡很多人稱她為艦長。附帶一提，她的老家是不動產公司，所以也是個小小的資產家，儘管只是形式上，她的確是我住的公寓「星雲莊」的房東。

「妳不去工作沒關係嗎？」

「我才剛整晚熬夜，休息一下不要緊～都什麼時候了，只不過衛星出點狀況，大家未免太慌張了。」

「『鳳凰』好像狀況挺多的啊。」

「順利上了軌道喔。只是，送來的資料有點混亂。從我們送出指令到執行，時間上

也硬是有些落差。那玩意兒真的是匹脫韁野馬啊。」

真理亞聳聳肩，喝了一大口咖啡。

「所以，聽說你昨天在同學會上大鬧了一場？」

我噗的一聲，口中的咖啡噴了出去。

「……原來妳知道？」

「因為葉月跟我講電話的聲調有夠陰沉的～我馬上就想到是跟你之間發生了什麼事情。」

平常明明很粗豪，對這種地方卻硬是很敏銳，真讓人傷腦筋。

「她講到都哭了喔。」

「……我有覺得很過意不去。」

「之後你可要對她好一點。不過那孩子也已經二十歲了，我是不打算連男女之間的事情都要干涉啦～」

「我跟葉月不是男女之間那種來往啦……不說這個了。」我在這時切入正題。「關於她的事情——」

「噢，對喔。」

真理亞恢復正經的表情。她喝完剩下的咖啡，捏扁紙杯隨手塞進口袋，然後從另一邊口袋拿出手機。

「是這個。」

「……？不是『遺言』嗎？」

「那個說法是我的感想。嚴格說來，應該是最後的訊息吧，用影片的方式。」

——影片。

意料之外的回答讓我思考定格。

「妳的意思是，是星乃錄的影片？」

我嗓音發顫。即使是信都讓我覺得沉重，何況是影片。

「呃～～說錄影大概也不太貼切吧～～」真理亞搔了搔白銀的頭髮，說得含糊。

「是接收到了這個，透過『鳳凰』。」

「啥？接收？透過『鳳凰』？」

「啊～～不好意思，講得很不好懂。也就是說啊……」

真理亞依序解釋給我聽。

昨天晚上，真理亞在筑波太空中心擔任人造衛星「鳳凰」的監看任務。結果工作人員轉給她的資訊，就是「鳳凰」收到了神祕的通訊資料。她立刻收下並播放，結果畫面上出現的就是三年前在「大流星雨」中死亡的太空人天野河星乃——似乎是這麼回事。

「也就是說啊，這是星乃在即將殉職時送來的。」

「所以這是從ＩＳＳ送來的？」

「說來就是這樣啊～」

「為什麼到了現在才……」

「不知道。而且應該也不可能是星乃發訊的電波這三年來都在宇宙空間徘徊吧。」

即使聽完整件事，我還是覺得不對勁。

三年前，星乃因大流星雨死去。而星乃在死前送出了「通訊」，到了三年後的現在才被人發現。

感覺就好像是一封從三年前的過去超越時間送來的信。

「……差不多要看了嗎？」

她用指尖在畫面上滑動，然後點了幾下，緊接著就跑出一段影片。

我接過智慧型手機，仔細看著畫面，將手指湊近播放鍵的三角形上。我在發抖，大概是害怕吧。影片裡拍了什麼？她會對我說什麼？小鳥從我頭上掠過，高飛上天；外面大馬路上的汽車排氣聲聽起來就是有些遙遠。真理亞不說話。她一隻手扠腰，靜靜看著我。然後我——

播放了影片。

「……？」

起初畫面全黑，像是太空的清一色黑暗中，不時有光點似的東西掠過。我把臉湊近，提高音量，但什麼都聽不見。

「啊……」

等播放進度游標顯示過了二十秒後，畫面上出現了東西。從輪廓勉強可以判斷出是人，但別說辨認長相，簡直就像從黑色畫紙剪下來的人形輪廓。

『──大地同學，好久不見。』

我忍不住唔了一聲。

音質非常差。說話的聲音宛如不想表明身分的人用變聲軟體變換過的嗓音，像一個壯漢用粗豪的聲音在說話。

『……大地同學？』

粗豪而低沉的嗓音呼喚著我。即使明知說話的人是星乃，我仍無法冷靜。

『那我重新──打──招呼。』

說話聲不只令人不舒服，還開始紊亂。

『大地同學，你──有──嚇到了？』

本來聽說是遺言，我想像的是更沉重的感覺。知道是星乃的影片讓我嚴陣以待。

然而，畫面上的「星乃」──其實更像一個搞不清楚到底是誰的輪廓──就像我不認識的怪人，坦白說我毫無現實感。畫面上可以看到她的手在動，指尖有些不知所措似的，在胸前時而碰在一起，時而分開。這些不經意的舉止讓我勉強能夠改變看法：「噢，她果然是星乃。」這影片的畫面和聲音就是這麼差。

『不要嚇——聽——喔。有些——我無論——你說。』

雜訊實在太嚴重，幾乎所有發言內容都讓人聽不出意思。可是只有一瞬間，有個部分讓我聽得很清楚。

『大地同學，你帶我去到寬廣的世界……』

我們十七歲認識時，星乃是重度繭居族。

為了支持她當太空人的夢想，我陪她克服她的繭居症。她花了很長的時間擺脫嚴重的厭世傾向，甚至還得到了翅膀，像鳥兒一樣愈飛愈高，轉眼間就追過了我。她在海外的大學跳級畢業，輕鬆地拿到了博士學位。艱辛的太空人訓練也靠著天才級的頭腦，得以適用許多特例條件，在超短期間內就完成。畢竟她的頭腦比任何教官都好，對太空也很熟悉。是日本引以為豪的天才太空人，「把彌彥流一與天野河詩緒梨加起來（不用除以二）的太空人」——海外媒體真的就是這麼介紹她。

『大——同學，我——感謝——』

而這個天才在對我說話。這時畫面一亂，一瞬間弄得好像她身首分家，讓我更多了一個理由看不下去。

『聽——，——我很——，所以——的人生——』雜訊更嚴重了。才開始沒多久，影片已經快要結束。

『多虧——大——同學——』

終於到了極限。畫面一瞬間亮起，影像中斷，播放進度游標跑到了右端。

畫面轉為全黑，播放鍵的三角形再度出現，我看著這樣的畫面好一會兒。我不知如何是好，和星乃一點也不像的粗豪嗓音以及深深烙印在腦海中的人形輪廓，就像詛咒似的在腦子裡轉個不停。

「大地，你還好嗎？」

真理亞叫了我一聲，我才回過神來。

既後悔早知道就不該看，又有種像是確信自己沒辦法不看的念頭。這兩種感情交錯，擠得我腦子裡一團亂，讓我就像處理能力超過負荷的電腦一樣當場定格。

畫面上顯示著「她」的輪廓，就像一團凝固成形的黑暗默默看著我。

【recollection】

我和星乃第二次見面，也是在ＪＡＸＡ筑波太空中心。

當時葉月才十二歲，我負責帶她參觀，跟她一起來到這裡。葉月要去「ＪＡＸＡ暑期兒童班」體驗發射自己親手做的火箭，所以我就在假日被叫來了。

這個時候的我，從那次之後就一直沒再見到星乃，當然也不覺得想見到她。由於第一次見面就被她槍擊，射得我滿腿紅腫，讓我已經完全怕了她。雖然也想報復，但我這個人就是不會把力氣花在無謂的事情上，而且真理亞也很過意不去地對我道歉，所以我也不想再多說什麼。

「大哥哥，你等一下喔。」

「妳要去哪裡？」

「去摘花。」

「啥？……噢，這樣啊。」

我目送葉月前往洗手間，覺得沒轍地躺到草地上。四周有大約十組親子檔，一邊接受JAXA員工的指導一邊體驗手工製作。這個企畫就是讓參加者製作所謂的保特瓶火箭，發射到空中。我以前也曾經在這裡做過。

——葉月那小ㄚ頭，自由研究這種課題隨便在網路上查一查，敷衍過去就好了，不然CP值也太差了吧……

我躺在草地上，看著晴空萬里的藍天。保特瓶做的火箭高高飛上天空，小朋友們發出歡呼。這些人當中會有幾個人後來當上研究人員或技術人員呢？我覺得是白費工夫。

就在我無意間把視線掃向一旁時。

——嗯？

遠處的草地上有一個有點可疑的人物。之所以說可疑，是因為外表就很可疑。熱得要死的夏天，這人卻戴上連帽衣的兜帽，還戴著墨鏡和口罩，連古早的藝人要變裝都不會做到這種地步。這個人的身前放著一具像是手工打造的火箭——而且比持有者身高還高，簡直像一座聳立的高塔。

難不成……

戴著兜帽的人物體格明顯嬌小，黑長髮從脖子一帶跑出來。這亂糟糟的頭髮，還有掛在脖子上的奇特耳機，讓我覺得不陌生。

「天野河……？」

我叫了一聲，對方很明顯地嚇了一跳，然後用指尖把墨鏡往下拉，瞪大眼睛看著我。這雙大眼睛讓我認出確實是她。

「……！」

「之前妳很囂張嘛。」

我站起來走向她身旁。她雙腳拚命挪動，用我只在漫畫裡看過的姿勢，維持坐姿往後退。之前見到的時候，她給我的印象極其冷淡又凶暴，現在卻顯得非常窘迫。她一邊弄得火箭零件與口袋裡的東西掉滿地一邊撤退的情形，讓我覺得也未免太慌張了。我是食人熊嗎？

——這是什麼？

一張小紙片掉到腳邊。泛黃粗糙的紙上印有已經磨淡的「炸蝦券」字樣。翻過來看，上面印著「一張可換一隻炸蝦，五張可換一個炸蝦便當」。這確實是從她的口袋裡掉出來的。

——更美味亭……呃，竟然是我家附近的便當店喔？

我把炸蝦券捏成一團。

「喂，上次妳竟敢——」

就在這個時候。

砰！

位於我們兩人之間的火箭突然發射出去。

「「唔哇！」」

突如其來的發射聲響讓我們兩人同時驚呼，一起仰望天空。火箭劃出一道不知是蒸汽還是煙的軌跡，飛往遙遠的天空。

好猛……

這怎麼看都不像手工火箭的豪邁英姿，讓我坐倒在地，看得入神良久。她也張大了嘴仰望天空，周遭的親子組與ＪＡＸＡ的員工也都驚訝地看向火箭的軌跡。

過了一段時間。

「……喂。」

「怎、怎樣啦？」

「都沒掉下來耶。」

「地球有重力，不管什麼樣的飛行物體都一定——」

「我知道啦。」

我們第一次有稱得上對話的互動，是彼此坐在草地上仰望著天空進行的。我對這個時候的事硬是記得清清楚楚，就有點像青春中的一頁。

我們兩個茫然看著天空，又過了一會兒……

轟！

一陣悶響響起，仔細一看，附近有個人造物——JAXA的招牌，以實機展示的「H－II火箭」突然竄出火苗。「火災！」來賓們大聲喧嘩，多名警衛跑了過來。震耳欲聾的警鈴響起，甚至還開始聽見消防車的警笛聲。

「……妳在火箭裡裝了什麼？」

「液態燃料。」

「竟然在兒童班搞這個，妳白痴嗎？」

我想JAXA實機展示的火箭起火這種事，這次應該是空前絕後。順帶一提，事後我聽真理亞說，這時星乃那具發射出去的火箭飛行高度超過兩百五十公尺，觸犯了航空法規的限制。

「啊！」

這時她突然蹬地而起，動如脫兔地拔腿就跑。三十六計，走為上策——當我想起這中國古代兵法時……

「可以來一下嗎？」

回頭一看，兩名警衛把手放在我肩膀上，一臉凶樣地瞪著我。

「那具火箭，是你的吧？」

「咦？啊，不是。」

「可以跟你聊聊嗎？」

「……跟我聊，是嗎？」

這時真凶已經拐過筑波太空中心的門，身影從視野中消失。

之後我被帶去小房間，被當犯人偵訊似的訓話訓個沒完，罵了個狗血淋頭，直到葉月發現情形不對，找來真理亞，才總算結束。

這就是我跟她的第二次近距離接觸。

天野河星乃——參加兒童班，損壞ＪＡＸＡ的火箭，而且引發火災後逃逸。

這女的有夠離譜。

這一天，我也睡過了中午才抱著沉重的腦袋醒來。伸手想找手機，結果把空的啤酒罐碰得應聲倒下。酒喝得愈來愈多了。星乃出現在夢裡的次數也與日俱增，讓我感覺到自己已經漸漸偏離現實世界。

不知道為什麼，到現在我還經常想起那天發射火箭的時候，我們兩個一起張大了嘴仰望的天空。我想只是自己沒發現，但那件事在我心中多半是非常快樂的回憶。但那是已經失落的過往，再怎麼期盼也不會回來。

「該死……」

我漫無目標地咒罵，也不管鬍子已經很長，先洗了把臉。冬天的自來水冰冷刺骨，讓我的臉和手指都凍得發紅。

冰箱裡空空如也。翻開錢包一看，一張紙幣也沒有。我想起昨天買酒的時候就花光了。零錢包裡只剩下一枚百圓硬幣，再加上十圓與一圓。

——不妙……

我早知道存款已經見底，情形愈來愈危險。我也去面試了好幾個打工的工作，但每個地方都只回了我一封告知「未錄取」的平淡郵件。目前還剩最後一間，如果這裡也沒上，狀況就令人絕望了。

我沒有錢也沒地方可去，餓得一肚子火，打開智慧型手機玩起平常玩的手遊。然而空腹與宿醉導致欠缺專注力，讓我玩得很不順，好幾次自取滅亡，最後乾脆扔在一旁。結果手機撞到空的啤酒罐，又碰出清脆的聲響。

我在搞什麼？

我想睡悶覺而躺下來，受夠了沒出息的自己。

沒錢，沒工作，也沒有夢想。

——真沒想到涼介竟然會當上醫生啊～

我想起了同學會上的事。

——對啊對啊，他在班上的成績可是倒著數比較快啊。

山科涼介以前成績很差，遠比我差，是個只勉強飛過及格邊緣的落後生。無論上課的筆記還是考前猜題，全都是我幫他才讓他免於留級。結果現在他是醫生，我卻無業。

盛田伊萬里也一樣。她高中時很愛玩，還曾被警察抓去輔導，而且出了車禍，右腳有嚴重殘疾。但後來她奮發向上，如今已是業界知名的新秀設計師。

——最重要的是，她也很爭氣。

天野河星乃，純正的繭居族，厭世得連附近的便當店都不敢一個人去。一個生活能力是零，要是沒有郵購就會餓死的人。這樣的她，卻轉眼間就跑著夢想的階梯上去，成了史上最年輕的太空人。

我呢？待在這裡的這個叫作平野大地的人呢？

無論洋介、伊萬里，還是星乃，他們三個在高中時代都走在遠遠落後我的地方。我遠比他們懂得怎麼抓重點，懂得進退，也不曾被老師盯上，把人生掌握得很好。無論學業、社團、活動、應考，一向都以最低限度的努力拿到合格分數。對於將來，我也從網際網路做好萬全的情報收集工作，選擇風險最少，ＣＰ值最好的路線，無論應考還是就職，全都應付過去了——

結果為什麼變成這樣？

我亂抓頭髮，雙腳亂踢，但還是贏不了肚子餓。一下打開衣櫃，一下翻找外套口袋，想找出還有沒有哪次找的錢沒翻出來，讓我自嘲簡直像個遊民。

——！

我的指尖在舊外套的口袋裡碰到了東西。拿出來一看，是皺巴巴的口香糖包裝紙，另一張則是——

「啊……」

懷念的東西在我眼前輕輕飄落。

炸蝦券。

紙上以感覺廉價的字體印了這麼一行字。

○

許久沒來的便當店「更美味亭」意外地門庭若市。

我明明避開了中午的尖峰時間，但今天似乎是優惠日，店門前有大概八個人在排隊。餓著肚子等實在很難受，但我別無選擇，不耐煩地在寒風中頻頻抖腳。沒有錢的悲慘伴隨著寒冷，讓我有著切身之痛。

過了三十分鐘左右，總算排到只剩一個人的時候。

手機鈴聲響了。

拿起手機一看，是我去面試的公司。我心想說不定上了，打開簡訊一看，看見「很遺憾，本次——」的制式文章，讓我的焦躁達到了頂點。虧我還聽說這是知名的黑心企業餐飲連鎖店，最近人手不足到連打工人員都缺，結果卻是這樣。感覺就像遭到宣告：這個社會上哪兒都沒有你的容身之處。

「這位客人……？」

店員對看著不錄取通知郵件的我叫了一聲。

「啊，呃——」

我從錢包裡拿出已經皺巴巴的「那玩意兒」。

炸蝦券——一張可以換一隻炸蝦，五張可以換一個便當的優惠。是星乃常常在收集的優惠券。

「我要這個。」我把五張炸蝦券疊好放到櫃臺上。

「那個……不好意思，這個優惠已經結束……」

「咦？可是上面又沒寫有效期限……」

「我們網頁上是有寫『半年』……」

店員的笑容讓現在的我覺得非常不耐煩。餓著肚子、不錄取，以及想靠這種紙片讓人施捨一個便當的自己，突然讓我覺得非常可恥，忍不住扯開嗓門：

「那就把這些都寫在券上啊！」

我吼了一聲，這才回過神來。一看之下，發現擔任店員的中年女性瞪大了眼睛，僵在原地。

「對不起，不用了。」

我一把抓起炸蝦券，逃離了便當店。

○

我奔跑的時候，覺得自己實在沒出息得不得了。

我想起了網路新聞上會看到的那種，在便利商店或餐飲店找店員麻煩的奧客，想起自己曾嗤之以鼻地笑說人一旦走到這一步就完蛋了。現在成了這種我最不想當的「令人看不下去」的人的，正是我自己。

不知不覺間，我來到了銀河莊前面。

我手放在膝蓋上撐著身體，喘了好一會兒。明明不是犯了什麼罪，也沒有人在追我，我卻這麼拚命逃走，讓我覺得自己很滑稽。我滿心焦躁，想找些東西來破壞。被逮捕的罪犯總是會說的「覺得不爽就下手了」，現在我很能理解。

就在這個時候。

「——學長？」

銀鈴般的嗓音擾動了空氣。

「葉月……」

「啊，果然是學長……」

這位有如樹蔭下綻放的白百合花的和風美人開心地微笑，瞇起了眼睛。她手上拿著小小的包裹，夾住亮麗黑髮的漆器髮夾低調卻又明顯為她的美貌更添色彩。

「最近都沒看見學長，我就想說該不會是跑來這裡……」

她抬頭看向銀河莊，我則只能隨口應聲：「啊，嗯。」

答案很簡單，因為我不想見到葉月。雖然我自己也不清楚原因，但就是覺得一旦見到她就會玷汙她，有種像是穿著沾滿泥巴的鞋子踏上純白新雪的愧疚感。

葉月對我這種心情一無所知，毫無戒心地靠過來。

「學長……如果不介意，這個……」

她輕輕解開手上的包裹，露出裡頭一個高級的多層漆器木盒。

「葉月……」

我不知該怎麼回答才好。我艱苦的時候、發脾氣的時候，她都默默陪在身邊，以女神般的慈愛對我伸出援手。這樣的她讓我覺得好耀眼，也覺得自己配不上她。為什麼要跟我這樣的人糾纏？只用兒時玩伴這個字眼可解釋不過去。

「呃，那個……我已經吃過飯了。」

胃立刻緊縮，像在叫我別說謊。

「是、是嗎？」葉月遺憾地低下頭。「非常抱歉，我多管閒事了……」

她用指尖摩娑著便當盒，就像沒了地方可去的小孩一樣垂下眉尾。

——我要說出來。

「葉月，那個，不好意思……可不可以，別再這樣了。」

「咦？」

她就像時間停下似的，當場僵住。

「就是說，送我食物這種事……我很感謝，而且也沒資格說這種話，可是……」

「我、我給學長添麻煩了嗎？」

不安的眼睛覆上一層薄薄的淚水。

我正在說的話大概非常過分吧。這些話大概就是對這麼好心對我的人恩將仇報吧。

但我心想就算這樣，繼續和我糾纏不清對她的人生就是不好。跟著我走，就像是跳上正掉落山崖的馬車一樣。

「可、可是，我能為學長做的，也就只有這麼點事情……」

「葉月，聽我說，我——」

這個時候，我微微踏上一步，一張紙從我身上掉出來。紙片就像花瓣似的，飄落到葉月腳邊。

「炸蝦券……」她以雪白的手指撿起紙片，一臉五味雜陳的表情說：「記得……星乃學姊很喜歡這個耶……」

「葉月。」

「求求你。」她又用銀鈴般的嗓音說：「我會努力做出好吃的炸蝦。」

她以迫切的眼神懇求。

「我會拚命做炸蝦……所以、所以……」

她那沾濕的水晶似的眼睛直視著我。

我什麼話都說不出來。

○

銀河莊。

和我住的公寓一樣，是惑井集團的出租物件，現在沒有任何人居住。

我小心翼翼地一階一階往上爬，朝二樓前進。空腹讓樓梯爬起來感覺好漫長。

——「這個」我也好久沒搞啦。

二〇一號室那顏色黯淡的門旁有個方形面板。我伸手一按，響起的不是門鈴，而是電子語音：『請告知單位及姓名。』

「乘組員平野大地。」

『聲紋比對。已確認是已註冊之乘組員【大地・平野】。』

接著是：

『請將右手拇指按在面板上。』

我照做就聽到語音說：『指紋比對。已確認是【大地．平野】的註冊指紋。』最後有個螢幕從對講機旁滑了出來。精巧得怎麼看都不覺得是外行人做的，她對這些東西花了好多無謂的工夫。

『請將右眼湊到螢幕前。』

我乖乖照做，右眼湊過去看螢幕。努力不閉上眼睛撐了一會兒，就有一條發光的水平線由下往上竄過，看得出是在「掃描」我的眼睛。

『虹膜比對。已確認與【大地．平野】為同一人——開鎖。』

喀嚓一聲響起，聽得出門鎖已經解除。附帶一提，過了五秒鐘就會鎖回去，所以必須趕快進去。

用「指紋」、「聲紋」、「虹膜」等三種生物認證構成的保安系統稱為「木星」。她自豪地說過，名稱由來是木星上有著「眼睛」般的紋路，就是這虹膜比對開發起來最費一番工夫。

「受不了……ＣＰ值太差了吧。」

同樣是保安系統，去委託保全公司還比較便宜。

我穿過多道防線，總算進入星乃的房間「二〇一號室」。所有系統還正常運作固然很驚人，但所費的工夫更讓我嚇一跳。這讓我再度體認到天才與笨蛋只有一線之隔。

「……………」

我走進房間的瞬間停下腳步。在玄關處脫了一地的鞋子，只有一隻襪子。郵購紙箱倒在地上，不合季節的風鈴掛在天花板上。

不由分說地讓我感覺到這個房間裡還留有星乃的聲息、星乃的呼吸。這個房間的時間，就這麼停在三年前她出發去進行第一趟飛行的那一天。

我脫掉鞋子，走上沾滿塵埃的走廊。走廊途中設有一扇很大的白門，門上有著很具近未來感的幾何圖案。這是「艙門」，是太空船上那種艙門。門以厚重金屬製成，氣密性與防火性優異，甚至還防彈。

我站在艙門前，對右上方閃爍的感應器宣告，台詞和剛才一樣。

「乘組員平野大地。」

『允許乘船──艙門開啟。』

艙門隨著電子語音往旁打開。簡直像電影裡會出現的布景，門滑開得順暢且帥氣。機制就只是語音辨識自動門，但完成度實在太高，讓我產生一種彷彿踏入科幻片的錯覺。星乃一直稱這個房間為「太空船」。

──然後啊，大地，關於星乃的房間……

在筑波太空中心看完那段「影片」後，真理亞拜託我一件事。就是近日內將要拆除星乃以前住的公寓，要我先來整理遺物。

「……」

我環顧室內，首先注意到的就是巨大望遠鏡。望遠鏡穿破天花板，往外突出。星乃說光靠這具望遠鏡就可以進行研究所等級的天文觀測。牆上有星乃說是自製的「太空衣」，做得和真貨一模一樣，我第一次看到時也很感動。雖然不能真的穿去實際的任務，但據說這件太空衣用的科技和素材還被用到NASA的太空衣上，實在不簡單。

除此之外，地板上雜七雜八地放著郵購紙箱以及星乃發明的各種東西。眼前為了確保有地方站，我把地上的東西全都推到牆邊。但忙了很久，還是遲遲沒露出地板，房間亂得讓我大感吃不消。

整理到一半，我就覺得不知道自己在做什麼，躺到大堆破銅爛鐵上。這樣下去沒完沒了，肚子也愈來愈餓，只覺得更加焦躁。

——對了。

我想起哪裡會有糧食，翻找垃圾袋。記得星乃以前吃的固態保久食品應該就塞在這裡頭。我像個遊民翻找垃圾袋底部，摸到疑似要找的東西，翻出了幾盒方塊狀的乾糧。保存期限過了很久。我稍微猶豫，但頂不住飢餓驅使，便撕開封膜，把裡頭的東西扔進嘴裡。一陣潮濕的滋味過後，突然有種莫名的苦味在舌頭上擴散開來，我趕緊吐掉。

「呸、呸……竟然腐壞了！」

說出口後，這句話在只有我一個人的室內顯得格外餘音繞梁。

竟然腐壞了！這句話正適合形容我。我沒有工作，身無分文，對便當店大嬸發飆，糟蹋兒時玩伴的好感，最後甚至——

「我吃垃圾吃個什麼勁兒啊……」

有東西滴在我的手背上。透明的液體，和剛才吐出的食物渣滓混在一起，骯髒地滑落到地板上。

不知不覺間，眼淚已經沿著臉頰滴落。

——這、這是，怎樣……

我趕緊擦了擦臉頰，但眼淚違背我的意志，繼續奪眶而出。

——真沒想到涼介竟然會當上醫生啊～

我又想起了同學會的情形。涼介是醫生，我沒有工作；他戴高級手錶，我戴便宜貨。大家都有工作，只有我連應徵打工都被刷掉。這些沒營養的自卑感在我腦袋裡繞個不停，眼淚一滴滴流下。

我在搞什麼啊……

我往前癱倒，趴在地上。對一切都厭了。

我精疲力盡地翻成仰躺，看見天花板上亮著圓盤形的電燈，四周掛著仿太陽系的燈飾。不管眼睛往哪兒看，這個空間滿是她的回憶。看向牆壁，會看到星乃喜歡的「大I

ＳＳ展」海報，早從八年前就一直貼在那裡，現在「星空中的太空站」這幾個Logo字樣已經明顯褪色。

「………」

也不知道是因為肚子餓還是後悔傷害了葉月。

我身心都感覺到深沉的疲勞，不知不覺受到睡魔侵襲。

【recollection】

第三次見面是在「大ＩＳＳ展」。

「大哥哥，上次的事，你要補償我喔。」

在葉月的央求下，我暑假過到一半，被迫來到這展示會場。由於星乃在筑波太空中心肇事逃逸，害我揹了「黑鍋」，結果導致我放著葉月不管。這次一起出來就有補償她的成分。

因為葉月要求，我們上午去看電影和逛街，逛著逛著，時間就過去了，等我們抵達要去的展示會場，離結束只剩一個多小時。

我們沿著動線前進，大致看完一遍時，有那麼一瞬間，我和葉月走散了。也因為那時整個展示已經快到結束時間，我們通電話說好在紀念品區碰頭，然後我沿著剩下的路線閒晃。重頭戲所在的ＩＳＳ模型展示與模擬搭乘體驗都已經結束，只剩下一些附帶性質的照片還擺在那裡。

就在這個時候。

——啊，這傢伙！

我在一幅照片前發現了一名少女。

看側臉就馬上認出來了。這時她沒戴墨鏡也沒戴口罩，盯著一幅照片看得出神。她那亂糟糟的頭髮和鬆垮垮的體育服一如往常，脖子上掛著由圓盤與眉月組成的耳機。錯不了。

「喂，上次妳竟敢——」

我馬上要拿「揹黑鍋」的事情抱怨，話卻說到一半又吞了回去。

星乃在哭。

一行淚痕劃過她雪白的臉頰，淚珠一顆又一顆順著那軌跡滴落。我還沒出聲喊她，就被這幅光景震懾住。先前那極具攻擊性又凶暴的印象急轉直下，隔著瀏海露出的大眼睛就像星星亮著光芒，卻又像和爸媽走散的小孩一樣寂寞，顫動的嘴脣不時動起，彷彿在喃喃訴說不會乘著空氣送出的言語，整個人就像一具生命魔法已耗盡的美麗人偶。

她、她在，看什麼……？

在出聲叫她之前，我先對這點起了興趣。我小心避免她發現，悄悄繞到她背後。這幅也不怎麼大的照片裡拍到了兩個人物。應該是出發前拍的，只見兩名太空人相互依偎，看著鏡頭微笑。

我知道這兩個人是誰。不，只要是日本人，而且對太空有一點興趣，都會知道他們是誰。彌彥流一與天野河詩緒梨——

是星乃過世的父母。

她一直看著這張照片。我覺得她今天一定是來看這照片的，於是不出聲叫她。只有現在這一刻，我隱約覺得不想去打擾她。

就在平靜的音樂與告知展覽結束的場內廣播響起時，她慢慢轉過身來，結果……

「——！」

和我四目相對。

也許錯就錯在我不該站在她正後方，這下弄得她的臉和我的臉在極近距離下對看，讓她發出「呀！」一聲怪叫，整個人嚇得往後仰。結果她的背撞上背後的照片，發出喀鏘、霹嘰幾聲經典的破碎聲。

「啊！啊！啊……！」

因為撞壞的是寶貴的父母照片嗎？

星乃跪在碎裂的相框前，發出「啊！啊！」的驚呼，開始拚命撿起玻璃碎片。就好像在撿拾碎裂的回憶碎片，拚命把尖銳的碎片放到手掌上。

「喂，太危險了啦。」

即使我阻止，她也聽不進去。她彷彿想把玻璃碎片當拼圖嵌進去，但一直不順利。

「嗚嗚……」感覺隨時都會哭出來。

沒過多久——

「好痛！」

她忍不住叫痛，整個人僵住。白嫩指尖迅速冒出紅色液體，沿著手指滴落在相框上，讓紅色弄髒了父母的身影。這讓她更加窘迫，又想用流血的手去擦相框。其他來賓也聚集過來，想知道發生了什麼事。

「慢著慢著，妳冷靜點啦！」

我實在看不下去，抓起她的手，用手帕按住她流血的手指。她大喊：「放開我！」還想繼續掙扎，但我不管她，扯開嗓門呼喚：「不好意思～～！」

「可以麻煩去請工作人員來嗎？她好像割破手了！」

幾分鐘後。

「喂，妳乖乖別動。」

我們被帶到小房間，先進行包紮。「來，洗手。」、「不、不用啦，我自己會洗。」「乖乖聽話。要是有細菌跑進去怎麼辦？」

我半強迫地帶她到展區設置的水龍頭前，把血從她染成一片紅的手上沖掉。傷口很小，卻割得很深，我消毒完後按上紗布，捲上繃帶。我想起以前真理亞教我的包紮法，一邊試著處理，結果包紮得還挺像回事。看得出血在繃帶上暈開，感覺非常痛。

「晚點可要去一趟醫院。」

「…………」

星乃不回答，也不點頭，就只是把臉撇開。

「那我走了。」

我走出房間。「啊……」星乃開口想說話，但我聽不清楚。

來到走廊上一看……

「大地！」

一名身材高挑的女性甩著一頭白銀短髮跑過來。

「真理亞伯母。」

「聽說星乃受傷了？」

「嗯，是啊。」

「傷勢怎麼樣？」

「只是手指頭被割了一下，也都包紮過了。」

「這樣啊……」

真理亞由衷放下心來，深深呼出一口氣，用指尖輕輕碰了碰星形耳環。

「糟糕，我忘了葉月。」

「我已經叫她在櫃臺等了。」

「不好意思。」

「不會，沒關係。我才要謝謝你，星乃承蒙你照顧了。」

「妳不去見她嗎？她還在那房間裡。」

「這……」

真理亞的表情變得有些尷尬，然後說聲「這個」從懷裡拿出一個東西。是信封。

「這是什麼？」

打開信封一看，裡頭是一張照片。

「啊……」

這是星乃先前看的那張拍下她父母的照片，和放在展示相框裡的照片不一樣，沒有經過放大，尺寸還很小。

「這個，可以由你交給星乃嗎？」

「咦？請問為什麼要由我？」

「因為由我交給她……她一定不肯收。」

這時，真理亞非常難過地垂下視線。我第一次看見這樣的她。

我還想問些什麼，但不再繼續追問。我不敢涉入她們之間，也有種感覺不該闖進去的預感。

然後真理亞說：「我會和葉月回去，麻煩你送星乃回去。」說完就離開了。坦白說，我實在不覺得星乃會跟我一起回去，但眼前還是姑且沒有拒絕。真理亞離開的背影顯得有些孤寂。

照片裡的兩名太空人對著鏡頭微笑。我不知道星乃現在的監護人真理亞是懷著什麼樣的心情把照片託付給我。

回到房間一看，星乃仍然坐在剛才坐的地方不動。脖子上的眉月形耳機歪向一邊，就像壞掉的聽診器一樣掛著。

看到我回來，她睜圓了眼睛。她似乎很意外，將我的身影映在睜大的眼裡，連連眨眼。這個時候的星乃顯得好幼小，讓我聯想到小孩跟爸媽走散的模樣。

「這個。」

「咦……？」

我若無其事地遞出照片，星乃就以震驚的表情說：「咦、咦？為什麼？」視線在我與照片之間來回。

「這裡的員工說要給妳。」

「可是……」

「說是今天就是最後一天，反正都要銷毀。我看妳就收下吧？」

這是信口胡謅，但這種事我一向拿手。只有逢場作戲這回事，我從以前就很習慣。

「這、這樣啊……」

她一直看著照片，然後輕輕抱在胸口。

──麻煩妳送星乃回去。

「要一起回去嗎？」

「咦？」

她彷彿嚇了一跳，從照片上抬起頭。

「妳看，天色愈來愈暗了，而且我們也住得近。」

「嗯、嗯……」

我還以為會被一口回絕，沒想到她並未拒絕。也不知道是因為剛跟我拿了照片，不好意思拒絕，還是因為我幫她包紮。

我踏出腳步，星乃就畏畏縮縮地跟在我斜後方一兩步遠。她頻頻瞥向我，顯得戰戰兢兢。我感覺展示會場的走廊走起來好漫長，像這樣兩個人一起走感覺很不可思議。

我覺得一直不吭聲也不太對，於是先開口。首先注意到的就是她脖子上的東西。

「那個，妳每次都戴著啊。」

「……咦？」

「妳脖子上掛的，那個……是耳機？」

「這是『超光子通訊機（Tachyon Ceiver）』。」

「Tachyon……Ceiver？」

「迅子是比光更快的粒子。」這時星乃突然變得多話。「歷史上最先提出迅子概念的是阿諾．索末菲（註：Arnold Sommerfeld，德國物理學家）。可是，取了迅子這個名稱的是傑拉爾德．范伯格（註：Gerald Feinberg，美國哥倫比亞大學物理學家），是在一九六七年，算得上是最近的事。」

「妳好清楚。」

「……啊。」

她似乎被一不小心說了這麼多話的自己嚇了一跳，撇開目光回答：「也沒什麼。」白嫩的臉頰微微泛紅，瀏海下的一雙大眼睛連連眨動。總覺得我就是在這個時候得知她一緊張，眨眼就會變得頻繁。

她為了讓自己鎮定，用力抱緊了抱在胸前的背包，裡面裝著剛才我給的「照片」。

我忽然想起照片上的兩人——她的父母，總覺得想聊聊這件事。彌彥流一與天野河詩緒梨都是世界知名的太空人，而他們兩人的女兒就走在身邊，讓我重新產生興趣。

「實在很帥氣耶。」

「咦？」

「彌彥流一。該怎麼說，就像戰隊英雄那樣，很英挺。我從小就一直很崇拜他。」

「……是嗎？」

「ISS的現場直播，我一次都沒錯過，都有收看。Youtube的彌彥頻道我也都有看。還有一次，他看了我寄出的鼓勵的信，那時候我好高興啊。」

「……這樣啊。」

星乃的父親彌彥流一曾有一段時期是不折不扣的全民英雄。不只因為他是太空人，他作為工程師也大大做出了一番成績。他從一開始就參加ISS日本實驗艙「希望號」的開發，據說他超乎常人的創意與天才般的技術，讓日本的太空開發進步快了十年以上。而本來預計在二〇〇八年進行的「希望號」建設計畫也在彌彥的貢獻下，於一九九八年就開始在太空建設。

我說了這麼一大堆彌彥流一的功績之後，星乃似乎不知該如何自處，顯得有些浮躁。「……這樣啊。」「嗯、嗯。」應聲也很生硬。

「天野河詩緒梨也好厲害啊。」

我說得起勁，還聊到了她的母親。

「她當太空人之前，不是在海外有名的研究所工作嗎？呃，叫N、NI……」

「NIH……美國國立衛生研究所。」

「對對對，就是這個。」

星乃的母親年紀輕輕就是知名的醫學學者。她在美國參與最尖端的研究，在預防老化的範疇做出被評為將來肯定會得諾貝爾獎的成績。尤其是關於從宇宙空間射入地球的輻射線與老化速度的研究論文，更是震撼了全世界的醫學領域，一旦這項研究成功，甚至有可能「就像停住時間」，停住所有老化與疾病惡化現象，因而受到重大期待。

處在宇宙空間，人的骨骼會脆化，肌肉會衰退，這些類似老化的現象原本就廣為人知。在NASA的研究中，也曾以太空人史考特．凱利為對象，進行同卵雙胞胎的對比實驗，發現白血球內的染色體、賀爾蒙分泌量、腸內細菌環境等等都有了改變，讓滯留太空與人體老化的研究成了大受關心的研究項目。天野河詩緒梨的研究固然是以這些既有的研究為基礎，卻也建立了大膽的理論，將人體的老化現象速度與太空輻射的影響相連結，是劃時代的假設。

她的研究取時間之神克羅諾斯的寓意，命名為「Chronospace Cell」，取英文字首，通稱「CH細胞」。而這「CH細胞」的研究核心就是和太空輻射的關連，所以在ISS進行太空環境的實驗是不可或缺的步驟。為此開發船外實驗平台的不是別人，正是彌彥流一。

「那個時候，妳爸爸在太空打造出實驗空間，然後妳媽媽就在那兒進行拯救人類的實驗。哇～～妳爸媽真的好厲害啊。」

我也不是想說客套話或是想捧誰，單純只是想老實稱讚小時候心目中的英雄們，而且能見到他們兩位的女兒，直接把這些話說給她聽，也讓我覺得非常開心。

「…………」

她聽完我忍不住說得很長的這一番話後，沉默了好一會兒。我心想大概是我講了太多，讓她有點傻眼了，結果……

「……對啊。」

她喃喃說出這句話。

「爸爸和媽媽是全宇宙第一。」

全宇宙第一這個說法非常符合她的風格，讓我硬是覺得很貼切。我回答「是啊」，她就微微點了點頭——我是這麼覺得啦。

她撇過臉去，不讓我看到表情，但我想她一定很自豪。

【2025】

一陣像是從夢中傳來的旋律，把我的意識又喚回原本的世界。

《行星組曲》第四曲──《木星》。

我不想醒來。

從夢中醒來時，等著我的是壓倒性的落魄現實──一臉栽進剛才吐出來的食物渣裡就這麼睡著，無業又身無分文的自己。以前我也曾喝得爛醉，睡到一半嘔吐，但心情並不像現在這麼糟。

夢裡星乃還活著。第一次見到時她很凶暴，第二次見到時讓我揹了黑鍋，第三次見到時卻在哭。每次見到她，她都展現出不同的面貌，就是這一幅一幅的畫面，在我心中形成了天野河星乃這個人物。

她基本上就很孤僻，總是從亂糟糟的瀏海底下瞪著世界。極度厭世，口頭禪是「我討厭地球人」。

──大地同學。

她的聲音在耳裡迴盪。所有回憶就像走馬燈似的，在我腦海中轉個不停。她過世已經三年。無論呼吸、走路，或是在睡覺──她總是在我心中占據了一個角落。亂糟糟的瀏海下，一雙大眼睛有所怨恨似的看著世界，默默創造出各種來路不明的「發明」，但吃炸蝦的時候顯得好幸福。這樣的她，一直留在我心中。

我好想她，而我知道怎麼做就能見到她。

她在夢裡。

一陣腐臭直衝鼻腔。我再次對自己的嘔吐物產生嫌惡。這堆髒東西就是我。

我不想回到現實。我害怕面對現在的自己，所以我逃避到過去之中。

忽然間，眼前有東西一晃。這個被我鼻子呼出的氣微微掀起的東西，是一本眼熟的小冊子。我懶洋洋地伸出手，用指尖拎起來一看，是以前星乃給我的衝刺班小冊子。

我躺著不動，就像對太平間的屍體那樣把小冊子蓋到自己臉上。一遮住臉，腐臭氣味就淡了些，取而代之的是一股像塑膠的加工紙張氣味。

我閉上眼睛，然後再度逃離了現實。

【recollection】

「來，炸蝦便當。」

我遞出還熱騰騰的便當。地點是在我常去的星乃房間。

——這是……

時間跳了一小段。最近的「夢」，依序是第一次邂逅、第二次邂逅、第三次邂逅……按照時間順序，複習我和星乃間發生的事情。但這次的夢卻隔了很長一段時間，是我和她已經親近得多，會整天泡在她的公寓裡的時候。大概是認識一年左右那陣子吧。

「我放這邊喔。」「嗯。」「要趁熱吃。」「我知道啦。」

我把還熱騰騰的炸蝦便當放到桌上，然後撥開腳下的大堆破銅爛鐵，翻出塞在外送披薩店傳單後的整袋紙杯。就算整理好，她也馬上就會弄亂，所以最近我已經半放棄了。她用郵購買的大量固態保久食品連同箱子散了一地，讓我有時候會真心覺得如果沒有郵購，這女的大概會餓死。

「水瓶座，就快了嗎？」

「極大日是二十八日。水瓶座，Aquarius，是從古蘇美時期就被觀測出來的世界最古老星座之一，也是托勒密四十八星座，下次看得見的不是黃金週前後會變多的水瓶座η流星雨，而是δ流星雨。美少年伽倪墨得斯（Ganymede）被宙斯擄走，叫他用水瓶幫忙斟酒的神話很有名，也有個說法是本來幫宙斯斟酒的女子結婚，宙斯很寂寞，才擄走了伽倪墨得斯。另外木星的衛星加尼米德（Ganymede）也是取自伽倪墨得斯的名字——」

「知道了知道了，這個講解我已經聽十次有了。」

我打斷星乃的講解。因為要是不制止，她可以輕輕鬆鬆講上好幾個小時。

「明天觀星能來嗎？」「嗯～～有暑期講習要參加啊，難說。」「你要參加暑期講習喔？」「畢竟我是考生嘛。」「你要應考啊？」「咦？當然要吧？」

我們就讀的月見野高中雖然不算很難考的學校，但仍有六成畢業生會進四年制的大學就讀。如果把短期大學與專校也包含進去，升學率達到九成。

「——大地同學啊……」

星乃忽然說了。大概就是在這個時期，她開始稱我為「大地同學」。

「畢業以後，你要做什麼？」

「咦？就是進大學——」

「不是啦，我是指更將來的事情。」

這個提問讓我有點意外。過去星乃從來不曾談論將來或生涯規劃之類的事情。

「將來？……不就是去上大學，然後就業嗎？」

我一邊打開炸蝦便當一邊回答。

「你想就業嗎？」

「也不是想。不就業就不妙了吧？」

淋上塔塔醬。

「你想上大學嗎？」

「要就業的話，還是大學畢業比較好吧。如果只有高中畢業，終身總工資的ＣＰ值會很差。」

「你有什麼想做的職業嗎？」

「也沒有。目前正在搜尋有哪些看起來ＣＰ值比較好的業界。」

「之前你是不是提過公務員？」

「公務員ＣＰ值可棒透了。不會被開除，福利也很猛，年金和退休金也都很夠。」

「你想做公務員的工作？」

「也不是想做，但這年頭民間連大企業都有倒閉的危機，還是公務員最穩定吧。畢竟不管多混，薪水一定都會照年資上漲，還絕對可以做到退休耶。」

「…………」

「啊，可是如果靠教授或校友的管道摸進大企業，這條路可能就比較好。畢竟公務員考試錄取率低，而且只要是當地國公立大學出身，就業就超有優勢。只是要念五科實在是ＣＰ值太差，從這點來看，應考科目少的國公立大學也是可行。」

「…………」

「幹嘛啦，突然不說話。」

我嚼著炸蝦問起，她就有點不滿地說：「大地同學開口閉口都是『ＣＰ值』。」

「啥？」

「這樣好像活得很聰明，其實只是沒有面對自己的生涯規劃，只拿ＣＰ值這字眼在逃避。」

我火大了。

「怎樣啦？講ＣＰ值有哪裡不對了？不管是考試還是就業，基本上還不都是看ＣＰ值？」

「例如說啊——」

她從電腦椅起身，在腳邊翻找一陣，弄亂一堆電腦零件和記憶卡，拿出一個東西。

「這個。」

那是一本薄薄的小冊子，標題寫著《尋找夢想的方法　～生涯規劃諮詢導覽》。

「這是什麼？」「小冊子。」「看也知道。」

那是一本彩色印刷，偏薄的小冊子。封面畫著少年與少女舉起手，感覺很陽光；左下的Logo印的是在執照班業界還算有名的補習班名稱。這大概是扔進共用信箱的DM，又或者是塞進郵購紙箱裡的廣告吧。裡頭有「你的夢想是什麼呢？」這種單純的詢問、歪著頭思考「生涯規劃該怎麼辦？」、「我的將來會是……？」的少年少女插畫。這動畫風的插畫是去年大紅的青春電影角色，然後放了「你的夢想」這樣的標題，還畫了像是圖表的東西。正中央有個大大的「圓」，裡面寫著「夢想」，讓我想到福袋。這大概就是所謂的想像地圖吧。

看來是以高中生為市場的生涯規劃諮詢導覽，但最後一頁有介紹考照講座的文宣，看得出是一份精心製作的執照班廣告。

「要不要試試看？」

「咦？」

「大地同學缺乏夢想。」

她遞出鋼珠筆。鋼珠筆的側面印有JAXA的Logo，以及笑得得意的爆炸頭男子。是某部描寫一對兄弟太空人的漫畫作品與JAXA合作的商品。

「我看看，首先請想像你『想做什麼』、『想成為什麼』，把這些寫到標有『夢想』的圓圈四周……」

唸著唸著，「夢想」兩字就映入眼簾。我覺得胸口深處有東西在蠢蠢欲動，便扔開了小冊子。

「……啊啊，這好累人啊，麻煩死了。」我莫名地不耐煩起來，忿忿地說：「而且『夢想』到底是什麼啦？『夢想』咧。」

「夢想就是夢想。就像想當職業棒球選手啦、想當偶像明星啦，有很多吧。」

「啥？職業棒球？偶像明星？」我攤開雙手，誇張地表示傻眼。「又不是小學生，要是追求這樣的目標，將來保證會餓死啊。我告訴妳，夢想這種東西，百分之九十九不會實現啦。」

「大地同學老是講沒幾句就這樣逃避。」

「啥？」

「每次講來講去，就是找理由掩飾自己的真心話。你應該更好好面對自己才對。」

我火大了。

「那妳呢？既然妳都說到這個地步，自己應該已經決定了吧？」

「決定？」

「生涯規劃啊，生涯規劃。既然敢說到這個地步，妳應該已經決定好自己的生涯規劃了吧？」

我沒指望她回答。畢竟我覺得她這個繭居族怎麼可能已經決定好自己的將來，單純只是被講得無法回嘴會讓我很懊惱，問這個是想還以顏色。

可是——

「你聽了不會笑我？」

「咦？」

「我的生涯規劃。」

「……妳、妳已經決定了？生涯規劃？」

星乃點點頭。

「真的假的？不對，那妳到底想當什麼？」

「就問你了，你不會笑我？」

她疑心很重地用剛才那本小冊子遮住臉，一再問我。

「我才不會笑。」

「絕對不會笑？」

「妳很煩耶。」

「你敢笑，我就把你打成漢堡排。」

「我可不好吃啊……而且，妳從剛剛到現在一直在做什麼？」

「讓自己不緊張的魔法。」

仔細一看，她用右手食指在左手掌上寫東西。看起來像是用一筆畫出「☆」號。

她畫了幾次，又深呼吸一次，吊足了我的胃口後……

「——人。」

「仁？」

「太空……人。」

「太空人……」我把這幾個字轉換成漢字。「太空人？」

她用小小的聲音回答：「……對，太空人。」

「妳……」

將來的夢想是當太空人——

「……噗！」我的承諾一瞬間就毀了。「噗、噗噗……妳、妳喔，太空人……妳，這，我跟妳說，這可是全世界最難當上的職業耶。也、也不想想妳是個繭居族，講這什麼話啊？我跟妳說，全世界有七十億人，曾經去過太空的就只有五百人耶，一千萬人裡不到一個人耶。CP值太差，腦袋也太差！」

我笑著說了這麼一大串，星乃的臉迅速轉紅。

「而、而且妳啊，別、別說太空了，連走路五分鐘遠的便當店都不太敢去吧？何況太空人的身高需要一百五十八公分以上，還得會游泳才行耶。妳這兩樣都出局了吧？還說要當太空人？噗、噗哈哈哈哈！」

「——你笑了。」星乃肩膀不停發抖，滿臉通紅大喊：「看我把你打成漢堡排！」她用力把手上的布偶砸了過來。亞當斯基型飛碟的圓盤砸到我頭上，然後掉在地上。「你明明答應絕對不笑的！」「等一下等一下！抱歉抱歉！」她手抓到什麼都往我扔過來，我只好雙手擋在身前防禦，喊著：「好痛，等等，別丟了。」這房子裡滿地都是破銅爛鐵，什麼都缺，就是不缺東西扔。

保特瓶、郵購紙箱、空面紙盒……她扔了好一會兒後，臉紅得像太陽似的大喊：

「所以我才討厭地球人！」

【2025】

簡訊的通知聲叫醒了我。我嫌煩地揮開蓋在臉上的紙，發現那是我睡前自己蓋在臉上的小冊子。夢中的我是高中生，參加暑期講習，在校成績不算差，是個還有前途的學生。說來說去，每天還是跟星乃一起過得很開心。但現在不一樣，我已經不是學生，卻也不是社會人士，連兼職的工作都沒有，也沒有夢想，是個埋沒在垃圾與嘔吐物的無業男子。我閉上眼睛，但已經睡不著了。這次響起的是電話鈴聲，但我不想接。不管再響多少聲，都不會是星乃打來的，也不會是星乃傳來的簡訊，星乃已經不在這世上了。

視線所向之處，一幅看似從書架掉下來的相框倒在地上，照片上是星乃年幼時的模樣。這名九歲的少女雙手牽著父母，笑得十分幸福，相信當時她作夢也不會想到一年後就會孤苦無依。星乃的父母——彌彥流一與天野河詩緒梨，在只差一步就能完成「ＣＨ細胞」研究的階段發生意外，再也回不來了。全靠這兩人的天才頭腦進行的研究半途而廢。當初期待愈大，反作用力也就愈強，後來這項研究大受非難，被說是天花亂墜的詐騙、浪費稅金。

相信星乃一定無比遺憾。父母過世、研究重挫、名譽掃地。我很清楚星乃對於這些有多懊惱，對於翻臉比翻書快的社會大眾又是如何失望。她談論父母時開開心心，談論社會大眾如何貶抑她的父母時，表情卻像結冰的死人一樣冰冷。知道她兼有這兩種表情的，搞不好就只有我一個。

但星乃並不死心。有一天，她難為情地談起將來的夢想是當「太空人」，之後她就真的以當上太空人為目標，透過嘔心瀝血的努力與天才般的頭腦，繼承了父母的研究。星乃想當太空人的夢想發自想完成父母留下的研究，一雪他們的遺憾，洗刷他們的汙名。她就是一路去到太空，撿起了因父母的死而停滯的夢想的接力棒。

但她的夢想沒能實現。她的夙願被那莫名其妙的「大流星雨」殘忍地徹底擊碎。

鈴聲響起，這次是簡訊。我伸手想關掉電源，發現畫面上顯示電話與簡訊各有好幾項通知。「惑井葉月」、「惑井真理亞」這些名詞看在現在的我眼裡，硬是顯得很陌生，就像引發了字義飽和現象般格格不入。葉月這邊只顯示了未接來電，但真理亞這邊則在簡訊內文裡簡短寫著：「你跟葉月之間發生什麼事了？」

「…………」

我正要回覆，但只打了幾個字又刪掉，決定不回了。事到如今才找藉口辯解也無濟於事，而且讓真理亞知道情形又會讓我覺得好像在依賴她，讓我很不想這樣。

鈴聲又響起了。

就在我打算乾脆關機時。

「……咦？」

畫面上顯示的名字讓我睜大了眼睛。

「啥？」

我凝視著寄件人欄位的「那個名字」，用力閉上眼睛，然後再次檢查。

「啊……啊？」

不是我看錯，上面的確顯示著「那個名字」。就在寄件人欄位上顯示得清清楚楚。

我不敢相信。

到底發生什麼事，為什麼？

寄件人是——

天野河星乃。

第二章　Space Writer

撲通一聲，心臟猛跳了一下。

視野產生暈眩似的變形，讓我的智慧型手機差點脫手。

——什……什麼……？

我搞不懂發生了什麼事，盯著這串字看。「天」「野」「河」「星」「乃」。這些文字，這個排列順序；郵件帳號的英文與數字。

「太離譜了……」我趕緊打開簡訊。我手指發抖，操作失敗了兩次。

內文很簡單。

【開電腦。】

咦……？

內文只有一行。就算捲動頁面，接下去也沒有任何文章。

我看著桌上那台星乃愛用的電腦，然後再次查看簡訊的寄件人。上面仍然顯示著「天野河星乃」這個名字，不管看幾次都一樣。

——不可能。

會顯示出這個名字，就表示有人用星乃的郵件帳號發了簡訊給我。星乃的智慧型手機應該早就因為未繳費而被解約，照理說不可能發生這種事。

有人接手了這個郵件帳號？

不管怎麼說，我開了電腦。雖然很好奇簡訊是誰發的，但更讓我好奇的是簡訊中吩咐的內容。

等了一會兒後，螢幕上顯示出桌面。

很奇妙。以前看到的時候，整個桌面應該都被星乃留下的資料夾填滿，現在卻全都消失了。上面連垃圾桶資料夾都沒有，就只有正中央放著唯一一個資料夾。

「給大地同學」。

看到這個名稱，讓我全身一震。

錯不了，就是給我的。更新日期是三年前，想來是星乃即將出國那陣子。

我的手在發抖。我對這裡頭寫的東西感到害怕。她給我的最後一封信——也許是。

我一瞬間想起了在筑波太空中心看到的她的「遺言」。

我深呼吸一口氣，然後點進去。資料夾裡有琳瑯滿目的文件。

【關於超光子（迅子）通訊機的原理】。

迅子……？

我拿起了掛在書桌旁的「那玩意兒」。是星乃成天掛在脖子上的耳機，她稱之為「超光子通訊機」。

捲動畫面看下去，就漸漸看出這篇文章就是星乃創造的這個「發明物」的說明書。從想到這個發明構想時的備忘、列有許多算式的原理講解到立體的設計圖，從多方面說明這個發明。

【傑拉爾德·范伯格在一九六七年將比光子（Photon）更快的粒子命名為「迅子」。在此我也仿效先達，將這次的超光子稱為「迅子」。只是雖然我稱之為迅子，但嚴格說來也有很多地方和范伯格的學說不同。我決定按照當初提倡「超光速粒子」存在的阿諾·索末菲所想像的最原始而原本的定義。因為關鍵就在於比光更快這一點，如果寫作超光子，唸作迅子，一定很帥氣，嗯。】

我一邊看下去一邊心想：真有她的風格。不太像論文，比較接近隨筆，又或者說是日記。

我很想仔細看，但更在意後續。應該會有一些地方是寫給我的——我懷著這樣的期待與害怕，慢慢捲動畫面。

【迅子會超越時間。嚴格說來，是會回溯時間，從未來流往過去。為了證明這個假設，我發明了通訊機。透過超光子穿越時光的通訊機，就簡單稱為「超光子通訊機」吧。唔，帥氣。】

我的手當場定格，然後輕輕碰了碰放在桌上的對講機。

這就是……穿越時光的通訊機？呃，可是，超光速就可以穿越時間嗎？理論上說得通嗎？

穿越時光這句話，讓我想起一件事。

——應該也不可能是——星乃發訊的電波，這三年來都在宇宙空間徘徊吧。

真理亞在JAXA筑波太空中心交給我的那段影片。我播放的星乃那段疑似「遺言」的影片，噪音粗豪的人形輪廓畫面，也未嘗不能說是從三年前的過去「穿越時光」送到現在的訊息。

【……經過反覆實驗，得知這種通訊機有幾個弱點。首先是通訊只能在兩副子機之間成立，如果用一般收訊設備接收，畫面和聲音就會發生決定性的失真。由於是把光子放到超光子上發送畫面，如果沒有能接收超光子本身的機制，資料似乎就會流失。】

——難不成……

一切都是推測。但我感覺到先前那一個個無法理解的現象，就像拼起的拼圖，在我腦海中牢牢嵌合起來。

如果順利，也許就能好好看懂星乃送來的「通訊」——那段只有人影輪廓，聲音也很混亂的「遺言」；也許可以好好聽她說完最後一段話。這的確讓我害怕，但我說什麼都想知道。

她留下的遺言，最後幾句話。我想透過更清楚的畫面、更清楚的聲音，好好聽完。

所以我繼續動手。

資料顯示出來後，出現「一則訊息」的字樣。我拉出線捲式的連接線，把「超光子通訊機」戴到頭上，就完成了所有設定。

我按下Enter鍵。只是播放影片，我的呼吸卻開始紊亂了。我在怕什麼？又在期待什麼？唯一可以確定的，是我渴求星乃。我要星乃的臉、星乃的說話聲、星乃的話、星乃這個人的存在。我總覺得長達三年疏遠的她，就待在這切成方形的螢幕另一頭。

好一會兒，什麼都沒顯示。

我等了十秒鐘左右。

然後——

畫面突然亮起。閃光燈似的光照亮我，然後顯示出畫面。失真的影像就像調色盤上的顏料，五彩繽紛地攪拌在一起，變形漸漸修正，形成摻有雜訊的「影像」。

「嘎……哈……」空氣從喉嚨洩出。有種彷彿身在太空的氧氣稀薄感，有如心臟被挾持的迫切感與緊張感，讓我全身僵硬。

星乃顯示在畫面上。

【2025】→【2022】

有著亮麗光澤的美麗黑髮。

雪白剔透的肌膚，水潤飽滿的嘴脣。

清秀的鼻梁，微微泛紅的臉頰。

——啊、啊……

出現在畫面上的，千真萬確就是天野河星乃。現在她身穿太空人的制服，一雙大眼睛直視著我。剛認識時她那頭亂糟糟不去剪的頭髮，現在也已經梳理整齊，用高雅的髮夾夾好。她從高中畢業後，身高也開始迅速增長，輕而易舉地通過了JAXA的身高門檻。二十二歲的美麗女性，在她身上幾乎看不到那曾是繭居族少女的影子。

然後——

『大地同學，好久不見。』

——！

確實是星乃的嗓音。和以前在筑波看到的影片不一樣，千真萬確就是她的嗓音。

她——天野河星乃，平靜地露出笑容看著我。她會像這樣溫和地露出笑容，是從幾時開始的啊？彷彿以前那隔著瀏海送出充滿敵意視線的少女時代從未存在過，現在的她透出的是一種隱約的成熟姿色與穩重。三年前過世的星乃，年紀理應比現在的我小了足足三歲，我卻覺得好像在面對一位年紀比我大的女性。

對此我感受到的寂寞勝於懷念，這是為什麼呢？

『大地同學……？』

耳邊聽到說話聲以及像是有點緊張的呼吸聲，最重要的是就近在眼前的她的身影。她頭上戴著像是對講機的東西，由眉月型的拱架連接起一對圓盤，從這造型就可看出和我這邊的「超光子通訊機」同款。

『咦，大地同學，你怎麼了？都沒有回答耶……』

她在螢幕另一頭露出狐疑的表情。她每叫我一聲大地同學，我胸口深處就有種像是被填滿，卻又像被絞緊的感覺。每聽她叫我一聲，心中的星乃就會復甦，簡直是一句魔法般的話語。無論如何成長，變成穩重的成年人模樣，只有叫我「大地同學」的嗓音並未改變。

——這裡是……

她的背後可以看見兩個圓窗與很大的氣密艙門。ＩＳＳ——國際太空站，日本實驗艙「希望號」的船內實驗室。畢竟我親眼看過模型，也曾透過畫面看過實機，所以錯不了。她的身體因為處在無重力環境，頻頻有些飄起，以及有些像是手套的物體在空中持續旋轉，也都證明了這一點。

『喂？大地同學？』星乃朝著我揮手。『喂，聽得見嗎？看得見嗎？大地同學，回答我嘛……』

她就像看得見我似的，親暱地對我說話。

『我說啊，不要當作沒看見我，說點什麼啊……』

星乃的表情變得泫然欲泣。即使平常看起來很跩，外表變成熟，但一點小事就會讓她變得怯懦。好久沒看到她快哭的表情，讓我胸口一緊。

我忍不住喃喃說道：

「不要哭啦，笨蛋……」

就是在這一瞬間，彷彿聽見我說話的聲音，螢幕裡的——「三年前」這段影片中的她睜大了眼睛。

『通了！』她露出笑容。『總算聽見了！聽見大地同學說話！』

——咦？

太奇妙了。她彷彿在演一齣獨角戲，像在與別人說話似的對答起來。

『那我重新打個招呼。好久不見了，大地同學。』

「咦、咦？」

『啊，大地同學，你是不是有點嚇到了？看你戴著那副通訊機，應該就表示那封簡訊你確實收到了吧？』

——怎麼？這是怎樣？

我一陣錯亂。我覺得剛剛我和星乃之間的對話是成立的。

這是錯覺。理智這麼告訴我。

不可能。這段影片是三年前的她錄下來的。就只是一段影片，不是直播也不是Skype。但她接下來的這句話擊碎了我的理智。

『——話說，你那眼鏡是怎麼了？鏡框都歪了。而且你視力變差了嗎？』

「嗚噁！」

我忍不住摘下眼鏡。這副眼鏡是去年買的。或許是因為生活不規律，最近視力急速衰退，才買了這副眼鏡。三年前就過世的星乃為什麼會知道這副眼鏡？甚至連鏡框歪了也知道？

「妳……看得見我？」

我朝螢幕說話。連我自己都覺得是在做蠢事。

『當然看得見啊。』

「妳騙人。」

『奇怪，我為什麼要騙你？』

「因為這只是影像。」

『是影像沒錯啦。』

在這互不相讓的問答後……

『咦，果然怪怪的……』她操作手邊的鍵盤，並露出認真的表情。『你那邊的收訊處顯示「ＨＯＵＯＵ」……HOUOU、HOUOU，啊啊，是不死鳥「鳳凰」啊？可是我沒聽說過有衛星叫這樣的名字，一定是新的孩子吧？你那邊是西元二〇二五年對吧？』

「是、是啊。」

『那果然成功了。我確實跟三年後的大地同學連上線了。』

——這什麼情形？

我還在錯亂。

她在說什麼？發生什麼事了？我還在作夢嗎？

『嗯，原來啊……』

她微微低頭，像在查看什麼地掃動視線，然後說：

『對三年後的大地同學而言，也是啦，會一臉像是看到鬼的表情也不奇怪吧。』

「星乃。」

『什麼事？』

「妳真的，是星乃……沒錯吧？」

我還不敢相信。這是怎樣？為什麼？怎麼弄的？

『對，就是我啊，天野河星乃。』

這自我介紹加上有點難為情的笑容，是我認識的星乃。

「這……是在和三年前的妳連線？」

『就是這麼回事嘍。』

「我不敢相信。」

『可是，隱藏資料夾的內容，你已經看了吧？』

「隱藏資料夾……啊、噢，說是超光子怎樣的。」

『那你應該就懂吧。我們現在就是透過「超光子通訊機」，跨越時間進行通訊。從我看來，是和三年後的你通訊；從你看來，是和三年前的我通訊。』

「這種事情……」

我看著星乃的臉。

我的確看了那個隱藏資料夾。「超光子通訊機」的講解、基本原理，還有使用方法，我也都看了。可是，那應該只是讓我能以清楚的聲音與畫面，播放真理亞給我的那段「影片」，我作夢也沒想到竟然可以和三年前的對象「通話」。而且照常理，根本想像不到會有這種事情吧。

『不要嚇到，好好聽我說喔。有些話，我無論如何都想跟你說。』

「有話要跟我說？」

她突然端正姿勢說了：

『我很擔心大地同學。』

我的心起了一陣漣漪。

「……擔心？」

『對，擔心。大地同學你啊，該怎麼說，總是酷酷的，有點玩世不恭，對吧？所以我就想說你這種個性將來一定會往不好的方向起作用，我才特地設定在「三年後」。』

她用一雙大眼睛直視著我。一雙純真、毫無陰影，有如太空般深邃的眼睛。我對她這種視線有著幾分害怕，覺得自己的一切都被看穿了。

『之前我也說過吧？大地同學對未來總是太急著搶在前頭，屬於不擅長在當下全力投球的類型。因為害怕失敗，不敢去挑戰。』

「這……」

我無法反駁。

『大地同學，你帶我去到寬廣的世界。多虧大地同學，我才能克服繭居，當上太空人。所以我也想報答你的恩情，我想支持你的夢想。』

「我的……夢想？」

『其實你應該已經發現了，只要捫心自問，對自己坦白。』

「妳在說什麼？」

『這個超光子通訊機，本來我是打算當成在太空和大地同學通話用的私人頻道……真沒想到會以這樣的方式派上用場耶。本來我是想回地球之後再告訴你，但我已經回不去了，所以現在跟你說，雖然你可能會覺得我擔心你是多管閒事啦。』

已經回不去……這句話讓我想起最重要的事。

——沒錯！

「妳、妳要不要緊啊？那個，ＩＳＳ，都沒事嗎？」

三年前的ＩＳＳ。我應該早點從這個情境發現事情不對。那是星乃殞命的地方。

她停頓了一下才回答問題。

『……我想，大概不行了。』星乃靜靜地說出殘酷的事實。『ＩＳＳ現在處於無法控制的狀態。我想再過幾分鐘，機體就會撐不住了。』

「天、啊……」我覺得眼前突然一黑。

明明奇蹟似的和星乃聯絡上了，卻只剩下幾分鐘，這太殘忍了。

「應該有辦法！有辦法得救……！所以星乃妳──」

『沒有。』她說得小聲，但很清楚。『沒有方法可以得救。我全都試過了，已經完全失去控制。』

「不要放棄！會有的，只要仔細找，應該會有方法的！」

『直到剛剛，我也一直這麼想，可是──』

她視線低垂地說：

『內部的機器全都當機了。我想想，用個人電腦來比喻，就是觸控螢幕和鍵盤全都故障，連電源都開不了的狀態吧。無計可施。』

「對了。聯盟號！不是有逃脫用的聯盟號太空船嗎！還有其他乘組員呢？」

她默默搖了搖頭，臉上有著平靜而深沉的覺悟。

「妳騙人……我、我才不相信，這種事……」

我嘴上這麼說，卻不由得察覺到了。是星乃說無計可施。那樣一個天才這麼說了。

『你放心，大地同學。我計算過了，照這個軌道下去，我想ＩＳＳ會在大氣層燒得乾乾淨淨，所以沒問題。』

「妳、妳在說什麼鬼話？」

我無法理解她說的話。明明再過幾分鐘，自己的生命就要走到盡頭，為什麼她卻顯得這麼若無其事？

她始終平靜地說：

『聽我說，大地同學，我很感謝你，所以我才更不希望你走錯人生的路。雖然我會在這裡結束，可是大地同學，我萬萬不希望你走錯將來，走錯人生的路。』

「妳在說什麼——」

『大地同學缺乏夢想。』

這是我以前聽過的一句話。

『你心中藏著一股熱情，也有對遇到困難的人就會不計得失伸出援手的善良。可是，你有那麼一點點隨波逐流，在意世人的目光，不敢表現出真正的自己。我覺得這非常可惜，也非常可怕。』

「可怕？」

『很可怕。你想想，人生很短。只顧著在意別人的眼光，不知不覺間，什麼也沒能做到，就這麼結束了。人生就是有這種可怕。該說是沒有預演就直接上場，只有一次機會的可怕嗎？我在十七歲才總算察覺到，而讓我察覺到這點的，就是大地同學你。』

「是我？」

『我多虧了大地同學你，才能當上太空人，像這樣接近自己的夢想。所以我才更擔心你。』

「這種擔心……」

我看著星乃正經的表情，「我用不著」這句話哽在喉頭。

『我一直夢想著要來到這個地方。這是我的生命開始的所在，是爸爸和媽媽描繪夢想的地方。就是你帶我來到了這個地方。』

「不是。是妳自己努力，我什麼都沒做。」

『不是。』

星乃搖搖頭。

『你也知道吧，我曾經是個繭居族，連家門都走不太出去。我厭世，不敢和任何人說話。對社會，對自己，都絕望了。可是我認識了大地同學，因此能夠改變。就是因為你在身旁陪著我，我才能有再努力一次看看的念頭。所以現在，我才會在這裡，才能夠繼承爸爸和媽媽的夢想。』

繼承父母的夢想。這就是她的夙願。為此她才努力當上太空人，繼承ＣＨ細胞的研究，為了醫學上的飛躍性進步而邁進。她藉此繼承了父母的遺志，洗刷壯志未酬身先死的父母所留下的遺憾——還不只是這樣，由於花了天文數字預算的研究半途而廢，被人們評為「浪費稅金」、「天花亂墜」。身為他們兩位的女兒，為了洗刷這些惡評與風聲，她說什麼也想完成這些研究。這是全世界只有她一人辦得到的，堪稱宿命的夙願。

過程是一連串的苦難。一個連家門都很難走出去，徹頭徹尾的繭居族，要去到比天空更遙遠的太空，可不是普通的辛苦。光是適應到能夠去附近的便當店，告訴大嬸店員要買什麼，都不知道花了多少天。還不只這樣，被惡犬吠了就會跑回來，有飛蟲鑽到背上又會哭，差點撞到路人都會恐慌。要看著人的眼睛說話，要打招呼，要把心意說出來，覺得過意不去就要道歉，就算不耐煩也不能用空氣槍射人——這一切，都是我教她的。無數回憶就像走馬燈轉啊轉的，每一段都讓我懷念，有些很滑稽，但她卻是正經八百。儘管被這個社交能力零的少女弄得傻眼，對我而言，卻是這輩子最充實的一段日子——

然後她展翅高飛，去到了太空。

『我啊，是多虧了大地同學才能向前走，才能鼓起勇氣打破自己的殼。所以，我希望你也一樣能夠打破自己的殼。』

「希望我？打破自己的殼？」

『對，大地同學其實也已經察覺到了。所以只要一點點，只要第一步就好。就像我打開銀河莊的大門那時，就像我小聲對便當店店員說我要買炸蝦便當那時。』

「我說真的，妳從剛剛就一直在鬼扯什麼啊？」我搞不懂她。「我不重要。更重要的是妳自己吧。為什麼、為什麼——」

我嗓音發顫。

『咦？』

「妳為什麼……這麼若無其事啦？」

星乃的表情顯得不解。

「妳為什麼講得一副都已經結束的樣子啦！」

不知不覺間，我已經變成用喊的。

「講什麼道謝、擔心、最後……明明就還沒完吧！」

『這……』星乃全身一震，縮起脖子。『這，可是……』她一句話哽在喉頭。

「妳不是說過嗎！不是跟我說過好多次嗎！說妳要當太空人，在ＩＳＳ，在妳老爸打造出來的『希望』上，繼承妳媽媽的研究，用這樣的方式打開這扇曾經被關上的夢想之門！妳的夢想，才正要走下去吧！接下來才是重頭戲吧！可是妳卻、妳卻，為什麼，擺出一臉參透人生的表情，想把這一切蓋棺論定啊！」

『可、可是，已經……』

我的話停不下來。星乃想結束自己的夢想，這讓我無法接受。她的夢想也是我的夢想，所以這是我由衷的吶喊。

「妳都不會不甘心嗎！」

畫面上，一對大眼睛有了水行星般的濕潤光澤，就像西沉的太陽那般瞇起——

『這……』

她以顫抖的嗓音——

『想也知道，當然不甘心了——』

一顆水珠，從星乃的眼睛閃閃滴落。

「既然這樣——」我正要說下去的瞬間。

時限到了。

螢幕的色調突然變了，那就像是燈熄了轉暗，她的身影顯得模糊。

『——對不起，大地同學。』

星乃拉起視線，喃喃說道：

『時間，好像到了。』

這句話讓我背脊竄過一股惡寒。

「星乃！喂，星乃！現在是什麼情形！發生什麼事了……！」

『得道別了。』星乃在一陣白光中，整個人亮得耀眼。『我很慶幸在最後，能這樣見到你。』

「喂、慢著！星乃！」我喊得幾乎恨不得一口咬住螢幕。「慢著啊，別開玩笑了！哪有這樣就結束的啦！」

『對不起。』

「妳的……夢想，好不容易……走到，這一步……」話先喊出來，很多念頭才突然湧上心頭，讓我無法好好出聲。「就差……一點點，就差那麼一點點……這一切，一切，都會值得了，不是嗎……」

說到最後，嗓音就像哭訴似的沙啞了。

『大地同學──』

星乃皺起臉，像是原本忍著的情緒潰堤，像是先前虛張聲勢的面具被扯下，緊緊咬住嘴脣。螢幕變得更白，傳來巨大聲響，畫面劇烈閃爍搖晃，背後的牆壁凹陷到駭人的地步，讓我們知道極限即將來臨。

螢幕上有「影像」侵蝕般插進來。許多視窗圍繞著她開啟，顯示出許多不同視角的畫面。視窗中可以看到有無數人造衛星在大氣層中發熱，碎片拖出光的軌跡──成了流星雨。

「星乃……！」

我大聲呼喊。一喊之下，水珠就潰堤似的從她的眼睛一滴滴落下。

『大地同學，對不起……』

她擠出顫抖的嗓音……

雙手在胸前交握，懺悔似的說：

『對不起，我們第一次見面的時候，我把講義撒了一地。』

星乃的身影籠罩在純白的光芒中。螢幕上開出數量多得亂七八糟的視窗，顯示ＩＳＳ即將燃燒殆盡的模樣。

『對不起，在筑波發射火箭的時候，我自己一個人跑掉。』

ＩＳＳ開始崩毀。像翅膀一樣張開的太陽電池面板嚴重變形，化為無數長方形碎片撒了出去。兩側的散熱器彎折斷裂，追著散開的面板碎片飛向宇宙空間。

『在ＩＳＳ展遇到的時候，謝謝你替我包紮。』

閃爍的螢幕中，星乃被崩毀的ＩＳＳ畫面圍繞，繼續說著獨白。面臨這電影最終場景似的非現實光景，我無能為力，只能一再呼喊她的名字。

『那個時候大地同學把照片給我，我好高興。』

ＩＳＳ的桁架就像挫折的心一樣應聲折斷，波及俄羅斯的居住艙星辰號，撞得四分五裂。機器手臂一瞬間凌空劃過，美國的實驗艙命運號燃燒殆盡，接著歐洲實驗艙哥倫布號激出劇烈火花漸漸熔解，遮蔽板脫落的七葉窗半球體就像花瓣似的從它旁邊掠過。

『大地同學買給我吃的炸蝦便當，每次都好好吃。』

最後剩下的日本實驗艙，名叫「希望號」，船外實驗後勤模組貼在實驗平台上，就像被釣起的魚，在機械手臂上掙扎了一會兒後連根折斷，被拋了出去。

『我在爸爸媽媽死後，一直躲在家裡不出去，討厭社會，討厭人類，討厭活著，想死，想消失，每天都好痛苦。可是……』

腦中閃現的身影一瞬間映出了她的輪廓，露出隨時都會消逝的笑容。

『我遇見了大地同學。』

船內保管室激出火花燃燒殆盡，只勉強留了個原形的船內實驗室——星乃所在的房間燒得像一團火球，體積在墜落過程中迅速減少。

『你對這樣的我非常好。每次都來我家看我，聽我說話，陪著我。』

接著ISS迎來了尾聲。它化為一顆燃燒自己飛逝的流星，衝進大氣層，直到最後都熾烈地發出生命之火的光輝，變成一條細細的線，最後連這條線也像睡著後的眼瞼，漸漸燃燒得無影無蹤。

『爸爸和媽媽死掉以後……我活著，一點好事……都沒有，可是……認識大地同學以後的每一天，真的、真的，好開心……』

開在她四周的許多視窗就像宣告結束似的接連關閉。

一同墜落的無數衛星爭奇鬥豔似的起火，接著燃燒殆盡，化為一道道的光，就像陣亡將士那般紛紛消逝。

「星乃……！」

『大地同學——你一定要，一定要，抓住……美好的未來喔……』

再也看不見她的身影。螢幕沒有畫面，只剩聲音，傳來她那細小但清楚的吶喊：

『啊啊——可是我還是，好不甘心。好不容易，好不容易，才來到這裡，跟大地同學，一起……抓住夢想，爸爸、媽媽的夢想，才正要繼續。我不要，不要這樣，這樣還是……太過分了啦。好不容易，好不容易，才來到這裡。啊啊，啊啊，大地同學、大地同學、大地同學——』

這時候，螢幕上可以看見一個人影——不，是一名女性——被拋出殘骸的輪廓。一頭長髮就像翅膀一樣攤開的身影，最後朝我求救似的伸出手。然後在沒有大氣的虛空中，她的嘴唇動的時間只有一瞬，但讓我確實看出了——

救、救、我。

下一瞬間，更強大的光芒吞沒了她，隨即化為藍色的流星，燃燒殆盡。

畫面中斷，螢幕變成全黑。

我動彈不得。一根手指也動不了。我無法理解發生了什麼事，整個人待在全黑的畫面前，睜大眼睛，僵住不動。口好渴，心臟的跳動一直不對勁。可是，只有一件事我很明白。不是在三年前，而是現在，就在我眼前——

她死了。

【2025】

『那個，學長……我是葉月。不好意思，三番兩次打電話留言給你……那個，我知道這是我多管閒事，可、可是最近，都沒有看到學長，我、我愈想愈擔心……請問，學長還好嗎？不知道現在學長人在哪兒呢？』

隔了許久才按下的電話留言服務通知，有多達五件葉月的留言。聽著她擔心的說話聲，讓我覺得很過意不去，但現在實在沒有心情回電。

電腦的資料裡還有後續。在講解「超光子通訊機」的文章後面，還累積了大量的文章。附帶一提，通訊機後來再也開不了機。我和星乃進行的最後一段對話內容也並未儲存起來，彷彿一切都是幻覺，什麼都沒留下。

這完全無視閱讀者懂不懂的脈絡，意味著星乃寫這些文章並未以要讓別人看為前提。說得更精確點，甚至給我一種印象，覺得她是把不知道要往哪兒丟的文章與資料全都丟進這個資料夾。通篇都是複雜的算式，又或者是加進手寫部分的圖解，以及頂多分了章節卻幾乎連小標題都沒有的文字濁流。內容令人難以置信，不但超乎意料，甚至可說是荒唐無稽。

然而，星乃潦草寫下的這些充滿錯漏字的文章，以及算式、圖解、作業步驟、實驗結果、龐大的研究資料——都證明了這份資料不是玩笑也不是惡作劇，而是年輕的天才科學家星乃正經八百進行的研究。

【人類的記憶，有87％來自視覺資訊。】

【所謂視覺，是視錐細胞與視杆細胞感測通過視網膜的光子的過程。】

【光子永遠伴隨著等量的超光子。這超光子會在視網膜內的視錐細胞與視杆細胞上留下記憶的超光子殘像。也就是說，若光子在腦細胞留下的記憶為「正極」，超光子就是在視網膜細胞上留下「負極」。】

【從這些記憶資訊是留在視覺這點而言，日語的形容中最接近的，大概就是「記憶烙印在眼裡」吧。】

【刻在視網膜細胞上的負極記憶，可以用超光子再度掃描，壓縮為資料，透過超光子通訊發送到過去。】

【視網膜細胞超光子痕跡掃描型記憶資訊發訊機（Retina visual cell tachyon engram scanning memory space writer）。】

這串長得要命的正式名稱後寫著簡潔的簡稱。

【Space Writer。】

這是一種把現在的記憶「寫進（Write）」過去記憶「空容量（Space）」當中的機器。也就是說，能去到「過去的世界」——以已經被用到爛的說法，就是「時光機」。

「不會吧……」我看完這一切後，自問自答似的喃喃說出這句話，整個人靠到椅子上。太離譜了。不管讀幾次還是會這麼想。然而，我卻有著不能加以否定的理由，畢竟我就是實際體驗過了。我透過「超光子通訊機」，和「過去世界」的星乃對話過了。

和過去的人物通訊的機器——這本身就已經可以稱為時光機。因為只要能把資訊送到過去，就能改變現在。把賽馬的結果送去給過去的自己，轉眼間就能變成億萬富翁。

【我一直想發明時光機。】

星乃明確地寫下這句話。時光機。聽起來很科幻，很脫離現實，很荒唐無稽。

【我好想見過世的爸爸和媽媽。所以我就想到，只要發明能回到過去的時光機，就可以見到爸爸和媽媽。想到這樣就可以找回爸爸和媽媽的夢想。】

這是一種幾近妄想，豈有此理的願望。但她付諸實行了。

【為此我發明了「Space Writer」，但它有著重大的缺陷。就像過往各式各樣的時光機假設一樣，要回到過去，都將受到絕對不可推翻的限制。時光機最多只能回溯到創造出時光機的時候，不管怎麼想回到過去，都無法回去發明出時光機之前。以Space Writer來說，只能回溯到掃描視網膜細胞而創造出來的點。邏輯上這是當然的。畢竟用來回到過去的受器不是別的，就是自己，而在掃描自身記憶的時間點之前，當然不存在這樣的受器。】

【自從知道這件事以後，我就絕望了。我扔開這個發明，然後打算去死。】

她赤裸裸地訴說著。

【可是，我改變了。我認識了大地同學。】

我的手指當場定住。但我立刻挪動滑鼠，往下捲動畫面。

【我認識大地同學，學到了很多。我擺脫繭居，走到外面，見到別人，體驗了很多事情。我和大地同學一起創造了好多回憶。這些事情做著做著，我就不再想死，也不再想回到過去了。】

有過這樣的事……星乃不為人知的煩惱與掙扎，讓我看得移不開目光。我焦急地動著手指，繼續看下去。

【我已經不再需要Space Writer了。可是我想到，也許大地同學還需要。因為大地同學——】

——缺乏夢想。

這個字眼不斷被重複提到。夢想、夢想、夢想。星乃說得簡直成了她的口頭禪，但我聽了卻沒有共鳴。她是想當太空人的天才，與我這個凡人之間有著填補不了的鴻溝。夢想這種東西不會實現。夢想——妳倒是說說夢想到底是什麼啊。

【所以我把Space Writer留在這裡，讓大地同學無論如何都覺得後悔時，還能從頭來過。】

最後孤伶伶地分開寫下的一行字，像是一個公式。

【A×C＝P】

○

之後我發瘋似的翻找星乃的房間。撥開塞滿地板的大堆破銅爛鐵，書桌的抽屜與櫃子不用說，從廚房排水管到馬桶水箱，能找的地方我全都找遍了。連電腦裡的資料，我都紅了眼睛翻找。我不眠不休地找個不停，體力撐不下去就累倒，等意識恢復後就猛灌壞掉的固態保久食品和自來水，又繼續翻找。找什麼？想也知道，當然是找星乃留下的最後一項發明——Space Writer。星乃確實寫說已經完成了，而我也透過「超光子通訊機」得以窺見一斑。既然這樣，應該就會有。這件發明應該就放在這個房間裡。

可是這一週以來，不管我怎麼找——

就是找不到「Space Writer」。

「該死……！」

我抓住東西就拿起來，朝牆壁砸過去。有著飛碟外形的布偶撞上艙門，無力地彈了回來。

為什麼找不到？

為什麼不跑出來？

是本來就沒有時光機嗎？

我不會想讓人生重來。我這殘渣似的人生根本不重要。可是，星乃的人生不一樣，星乃的夢想不一樣。只有這點，我說什麼也不能讓步。有人用那場荒唐的流星雨踐踏了她的夢想，我絕對不原諒他們。所以，我需要。

需要時光機——需要星乃所謂的「Space Writer」。

「該死，為什麼，找不到……」

我餓得一肚子火，抓起手邊的空罐一扔，撞在牆壁上，發出清脆的聲響。

就在這個時候……

——！

震耳欲聾的警鈴響起，我驚覺地回過神來，朝電腦螢幕一看，上面映出了公寓周圍的光景。上面顯示出監視攝影機的畫面，是星乃這個被害妄想與厭世的結晶，親手將銀河莊的保全系統強化到大都會銀行的等級。

「啊……」

五名身穿工作服的男子下了卡車。他們指著公寓討論，一邊把紅色角椎放到四周，貼上膠帶圍起。

——這、這是怎樣？他們打算做什麼……？

他們走動著察看公寓外圍，以粗暴的動作撤下設置在圍牆上的帶刺鐵絲網以及圍牆垮下的土石。連我也能輕易想像出他們來到這棟久無人居的公寓，是要開始做些什麼。公寓最近要拆除，麻煩你先去整理遺物——我想起了真理亞的話。

我在玄關急忙穿上鞋子，走到門外。不知不覺間已經下起了雨，還被風吹進了二樓走廊。

「你、你們在做什麼啊！」我一開門就朝樓下大吼。他們嚇了一跳似的抬起頭看向我，然後面面相覷地討論：「喂，有人住？」「不，我沒聽說啊。」工作服上印有附近一家建設公司的名稱。

「我明明就還在裡面吧？」

我從公寓樓梯跑下去，逼問這些作業員。儘管聽見內心的聲音在對自己說：鎮定點、要冷靜，但我已經失去理智。我無法忍受星乃那麼寶貝的這艘「太空船」受到損傷。

一名作業員冷眼看著我。

「不好意思，請問您是哪位？我們聽說這棟房子已經沒有人住了……」

他口氣很有禮貌，但皺起眉頭的眼神在在透出懷疑，而這雙眼睛上下打量著我的臉和衣服。可以確定的是，他在懷疑憔悴得皮包骨，打扮又邋遢的我是什麼來路。

「我是，那個……」

我一時間猶豫了，不知道該怎麼回答。我是什麼人？不是公寓的房客，也不是星乃的親人。冷靜下來一想，就發現我沒有任何權限可以阻止他們進行拆除作業。

「呃～～我是之前房客的，呃，朋友……」

「朋友？」對方更加皺起眉頭。「普通朋友，為什麼會在公寓房間裡？根據惑井不動產的說法，這裡從很久以前就沒有人住了耶。」

「我是……來整理一下……遺物……」

「整理遺物？哦～～……這麼說來，你果然不是這裡的房客是吧。」

作業員檢查手上的板夾，然後看了看手錶，顯然想趕快開始上工。

「請問貴姓？」

「我是……平野。」

「那麼平野先生，不好意思，我們也是來工作的。下週就會有重機過來，我們得趕快架好鷹架，鋪上塑膠布才行。」

「不能這樣，我會很傷腦筋。」

「你傷腦筋，我們也傷腦筋啊。有什麼意見，請打電話給惑井不動產……好了，開始吧！」

男子一聲令下，其他作業員紛紛答應。

於是工程開始。他們拿起鉗子與槌子等工具，開始破壞圍繞建地的柵欄與鐵絲網。

「啊、啊，不要這樣……！」「你再這樣，我們要報警了！」「請先不要拆除！」

「這小子，該死，放開我！」我和幾名作業員糾纏在一起，他們使出蠻勁拉扯，沒過多久，我就失去平衡，整個人摔到地上。

「唔……！」

我的頭栽進泥濘，一瞬間無法呼吸。「喂、喂，你要不要緊啊……！」他們慌慌張張跑過來。大概是覺得萬一害我受傷就不妙了，但過了一會兒，我搖搖晃晃地站起。我滿腦子只有要保護星乃這艘「太空船」的念頭，沒辦法去想其他事情。

「你、你還好嗎？」

「唔啊啊啊！」我再度跟一個人扭打起來，作業員被我撲倒。

我在做什麼？有什麼目的？我明白自己在做傻事，但還是抗拒不了心中的激情。星乃的太空船；她的回憶。不管是誰想破壞這些，我都無法原諒。

「喂？警察局嗎！有個男人在鬧事！地點是嗎？呃，是在三丁目一棟叫作銀河莊的公寓——」

作業員報警到一半，手機被人一把搶走。

——啊……

搶走電話的人物跟我對看了一眼。男子喊出她的姓：「惑井小姐！」

「不好意思，今天可以請你們先停工嗎～～」

「這、這樣好嗎？」

「這小子我認識～總公司那邊由我聯絡，就麻煩你們明天再繼續～～」

「既、既然惑井小姐都這麼說了……」

他們立刻安分下來，急急忙忙搭上卡車。雖然也有人瞪我，但這輛印有建設公司Logo的卡車還是開走，再也看不見了。

「大地……」

有著銀色頭髮的女性悲傷地低頭看著我。

「你是怎麼啦？」

惑井真理亞靜靜地問起。

我吐出嘴裡的泥巴，仰望著她。雨變大了，無論我還是真理亞一頭銀色的頭髮，都已經濕淋淋的。

我忍著跌傷的痛，鬧彆扭似的回答：「哪有什麼怎麼了？」

「她住的地方要被拆掉，我怎麼可能袖手旁觀。」

「這裡要拆掉的事，我應該事先告訴過你。」

「就是說啊。」我特意用諷刺的口吻說。「沒有人住的公寓，只會平白多花維修費和固定資產稅，CP值當然差了。」

「不是這麼回事。」

「不然是怎麼——」

「你打算繼續搞這種事情搞到幾時？」

「咦？」我一瞬間答不出話來。

「星乃對你來說很特別，這我明白。可是，你也不能一直這樣下去吧？」

她平常講話語尾會拉長的習慣現在已經完全消失，感覺得出她是認真擔心我。

「大地。」

被雨淋濕的銀髮貼在臉上，感覺好像不是平常的她。

「你總得找個地方放手。」強而有力的視線直直貫穿我。「過世的人不會回來。無論這個人對你多重要，你總有一天要放下。你必須整理好回憶，收進心裡，往前走。」

我忽然想起真理亞自己的過往。真理亞的丈夫病逝，她的這番話聽起來也有幾分是說給自己聽的。

「過世的人不會回來，時間沒辦法倒轉。所以，我們只能接受現實，往前進。」

「這妳就錯了。」我忍不住說了出來。

「『那就把時間倒轉回去就好了』——『用時光機倒轉時間』。」

「咦？」真理亞睜圓了眼睛。「你剛剛說什麼？」

「我要倒轉時間。用時光機回到過去，然後——」

我直視著她，宣言：

「我要去救星乃。」

「你說時……時光機？」

真理亞的眼神變了。從開導我的眼神變成憐憫的眼神。

「就是時光機。」

「喂，大地。」

「她發明了時光機，名稱叫『Space Writer』，可以掃描留在眼睛裡的記憶負極，用超光子傳送，這樣就有可能回到八年前的過去！」

「大地！」真理亞抓住我的雙肩。「你、你在說什麼啊！這世上怎麼可能存在時光機這種東西？」

「不，就是有。就是有時光機，是星乃發明的。」

「你……」

真理亞茫然看著我，因悲痛而皺起臉。

「真理亞，妳覺得我瘋了嗎？我很清醒。我要用時光機改變過去，去救星乃——」

「你振作點！」她搖晃我的肩膀。「你、你是因為對星乃的回憶太強烈，才會看不見現實！過去是改變不了的！已經改變不了了！」

「過去可以改變！我要用她發明的『Space Writer』去救她！所以，不管是太空船還是銀河莊，都不可以拆掉！我要讓她起死回生，然後讓她的夢想，讓彌彥流一與天野河詩緒梨沒能完成的夢想，繼續——」

火花四濺。

一陣衝擊傳來，我整個背倒到泥水裡。

直到真理亞喊出來，我才自覺挨揍了。

「你這個大笨蛋！」

左臉頰傳來劇痛，視野模糊。身處在天旋地轉的世界裡，頭上傳來真理亞像是快哭了的喊聲。

「別開玩笑了，什麼時光機！回到八年前？讓她起死回生？繼承彌彥和詩緒梨的夢想？你這個大笨蛋，給我適可而止！」

臉上感受到的熱，下個不停的雨。我透過有如酩酊大醉的行星般轉個不停的視野仰望著她。

淋著雨，加上瀏海遮住，讓我看不清楚，但我還是看出真理亞在哭，甚至反倒是打人的她感覺更像在承受某種痛苦。

「星乃她已經死了，再也不會回來了……」她說這幾句話，一句句彷彿都刺在她自己身上。「彌彥、詩緒梨，還有那個最燦爛的時代，都再也不會回來了……」

她垂頭喪氣，水珠從頭髮滴落，眼淚從臉頰滑落。左臉上的舊傷，現在顯得更令人心痛。

我慢慢站起。

「——不對。」這是三年份淤積在心裡的情緒。「並沒有死。」

「咦？」

「星乃她沒死。」

我盡情吐露心中的情緒。

「早上一醒來，她就像睡美人似的一臉若無其事，卻又流著口水……然後她一坐起來就會像貓一樣揉著眼睛，不開心地打個大大的呵欠……到了中午就會說要吃便當，可是又說地球的治安不好，她自己不想去買，可是又好喜歡吃炸蝦便當，吃的時候真的顯得好幸福。下午都只顧著玩遊戲，可是她又死不認輸，到了晚上，用望眼鏡看星空，她就會眼神發亮，但又顯得有點落寞……她一直、一直都是這樣。她一直都在我身邊，我隨時都聽得見她說話，老是夢見她……」

星乃過世三年。這三年來，我一直疏遠星乃，想忘記星乃，拚命逃避她。一直逃避這回憶的陰影。

但我辦不到。不管我做什麼，就是會在一些不經意的瞬間想起她的臉，夢見她。最近更是每天都這樣。我就是忘不了她那總是得意洋洋、白信滿滿，卻也有點落寞地叫我「欸，大地同學」的聲音。

「在我心裡，她不會死……」

言語在傾盆大雨中消逝。雨水一再打在我臉上，粗暴地奪走沿著臉頰滑落的眼淚。

真理亞慢慢走近，朝我伸出手。她揪住我的衣領，再度揮下拳頭。她輕而易舉就把我打得腳步踉蹌，但這次我沒倒下。和剛才相比，這一拳弱得多了。

我都知道，知道星乃死後，真理亞哭倒在銀河莊的門前；知道星乃送她的星形耳環，她到現在還很珍惜，每天都愛惜地戴著；知道她把星乃這個過世好友留下的女兒當成親生女兒疼愛。

我們很像。我們都失去了星乃這個太陽，但仍無法停止在她待過的地方轉啊轉的，都是揮不開留戀的可悲行星。

真理亞再度揪住我的衣領，我不抗拒。我心想：如果她要打我，怎麼打都行。她舉起拳頭，我本能地咬緊牙關。

就在這個時候。

「住手……！」

一道喊聲傳來。一名女性擋在真理亞與我之間。

「你們兩個，在做什麼……？」

來人不掩飾混亂與動搖，以顫抖的嗓音問起。是有著一雙大眼睛與一頭美麗黑髮的和風美人。

惑井葉月。

「媽媽，為什麼？妳為什麼對學長這麼過分？」

「葉月妳讓開。這小子不揍一頓就不會懂。」

「不要對學長……做過分的事……」

「沒關係，葉月。我被打是當然的。」

「連學長也……」

葉月搖搖頭。雨傘脫手落地，在她腳邊被雨點打得發出清脆聲響。

「你、你們兩個，是怎麼了？這樣太奇怪了……」

她肩膀顫抖，呼吸紊亂，發出啜泣般的吸氣聲。她腦子裡多半是一團亂吧，被親媽媽毆打兒時玩伴這種超乎日常的光景搞亂了。

真理亞放開手，無力地垂下手臂。被放開的我用袖子擦了擦流血的嘴角。我覺得被打的痛以及冬天的雨水打在全身的冰冷，迅速把我喚回了現實。葉月的嗚咽聲聽來像擔心受怕的小孩，在我耳邊迴盪。

「………」

我默默看著葉月。真理亞也一樣，即使看到親生女兒全身淋濕、痛哭失聲，她也無能為力，只能呆站在原地。我們三個一直淋著雨，彷彿象徵這三年來的我們。這三年，我們沒有一個能往前走，全都被放不下的悲傷弄得全身濕透，裹足不前。

真理亞想結束這些。

而我抗拒。

葉月在我們兩個之間左右為難，痛心不已。

——讓這一切結束吧。

我有了這樣的念頭。

就在我要爬上樓梯時。

「學長……！」

這一下來得突然。我被葉月從身後抓住手。柔軟的手緊緊握住的感覺，隨著一股溫暖從右手傳來。

「學長，要去哪裡？」

「咦？」

葉月問出了我意料之外的問題。

「學長打算去哪裡呢？」

「去哪裡？就是去星乃的房間啊。」

「學長騙人。」她搖搖頭。「學長，和平常不一樣。感覺會去到……很遠……是要去一個，很遠的……我去不了的地方。」

「沒有這種事……」

「我說的話，很奇怪吧……可是、可是，我就是覺得，如果現在……放開學長的手，就一定……再也見不到了……我就是覺得，學長再也不會……回來……」

我不知道該怎麼回答。

「為什麼非星乃學姊不可？」

「……咦？」

「星乃學姊，已經過世了，哪兒都找不到了。」

「這……」

她握住我手的力道更加重了。我第一次看到她這麼大膽。

「我從以前就一直看著學長。從小時候，認識學長、變成朋友，之後一直、一直都看著學長。」

我什麼話都說不出口，只能聽她說下去。

「……可是，學長的眼裡，沒有我。學長總是看著星乃學姊，就算和我說話，說的也都是星乃學姊，即使星乃學姊過世，也一直都想著她。不管到什麼時候，都不肯……看著我……」

她的手開始劇烈顫抖。

「明明距離這麼近……我明明這麼待在學長身邊，看著學長，可是，我就是贏不了，贏不了已經過世的星乃學姊。我明明……活著……」

葉月呼吸紊亂，難受地哽咽。

「學長……我，活著。我和星乃學姊不一樣，我好好地活著。」

她輕輕放開手，然後慢慢繞到我身前。我們彼此面對面。

「只要一下子就好。真的只要一下子，就好——」

大滴的眼淚沿著臉頰滑落。

「看著我嘛，大哥哥……」

葉月撲到我懷裡。

此時此地，只要我緊緊抱住她，相信這一切就會結束，然後，一切就會開始。如果能和她修成正果，以後也一直一起活下去，我想我一定會很幸福。我會去做正職，認真工作，好好建立家庭。曾幾何時，今天的事也變成回憶，開創出黃金般的幸福未來。

而我不惜放棄一切也想選的，又是什麼呢？

星乃留下的資料夾裡有著這麼一段文章。

【「Space Write」的副作用……頭痛、暈眩、嘔吐、幻覺、視覺障礙、記憶障礙、對腦神經造成不可逆的破壞、休克死亡。】

是個要對失敗與副作用都做好心理準備後進行時光旅行，這種荒唐無稽，而且賭命的選擇。

可是……

——救、救、我。

「葉月……」

我慢慢把她推回去。

「對不起。」

我說完這句話，靜靜地從她身邊走過。然後用被雨淋得濕透的腳，沿著滿是鐵鏽的樓梯一步一步往上爬。從二樓的走廊看得到葉月雙膝一軟，癱坐下來。但我不回頭。

然後我來到二〇一號室，有太空船的房間。

『請告知單位及姓名。』

「乘組員平野大地。」

『聲紋比對。已確認是已註冊之乘組員【大地．平野】。指紋比對。已確認是【大地．平野】的註冊指紋。』

接著是最後一步，螢幕從對講機旁滑出。

『請將右眼湊到螢幕前。』把右眼湊上去。『虹膜比對。已確認與【大地．平野】為同一人——開鎖。』

就在這個時候。

一道雷光竄過。

我想起了資料夾裡所寫的「Space Writer」說明文。

——刻在這視網膜細胞上的負極記憶，可以用超光子再度掃描——

「視網膜細胞」——「掃描」。

「難不成……」

我只顧著找房間「內」，所以眼睛都沒往「外」看。「虹膜比對」這句話讓自己隱約產生一種印象，覺得和「視網膜」不一樣。

為什麼都沒發現？我對自己太離譜的糊塗傻眼。答案實實在在就近在「眼前」。

「木星……」

每次來到這公寓都會掃描我的「眼睛」——不只是虹膜，連「網膜」也會掃描的機械。附保全功能的非常講究的門鈴。

「原來是你啊……」我用手指摸過螢幕，結果畫面上顯示出鍵盤與「輸入密碼」的字樣。

「密碼……」

星乃的生日、喜歡的數字、回憶中的號碼……各種想得到的我都拿來試試看，但都只換來錯誤訊息。然後我想了一會兒，忽然想起了一個東西。

——該不會是這個？

【A×C＝P】

這是Space Writer說明文的最後面看似不經意寫上的一個算式。

一試之下，結果猜中了。下一瞬間，畫面切換……

『密碼認證通過。』電子語音告知答對。『請問要「Space Write」到哪個點？』

上面列出琳瑯滿目的數字串，一往下捲，發現字串非常大量，捲都捲不完。

起初看起來只是不規則的數字，然而仔細一看，就發現有「２０１８」、「２０１９」等數字，讓我察覺到這是年月日。有了這麼多提示，接下來的部分連我也看得懂了。星乃對Space Writer的原理是這樣講解的。

【刻在視網膜細胞上的負極記憶，可以用超光子再度掃描，壓縮為資料，透過超光子通訊發送到過去。】

我推測出如果這門鈴「木星」會掃描我的網膜，儲存刻在網膜上的「負極記憶」，那麼這些數字時刻指的就是這回事。事實上，最新的日期，就和我來到這裡的一週前日期完全吻合。

——這……也就是說……

我用手指捲動數量龐大的數字，過了一會兒，抵達了一個日期。

是最舊的日期。

【201707251433150５】

二〇一七年七月二十五日十四點三十三分。是八年前，夏天裡的一個日子。

我第一次見到她的那一天。

——就是這個。

我用手指點選，就看到畫面又切換了。

『已確認目標點。若進行「Space Write」，將由於電池電力不足而無法歸還，請問是否確定？』

我朝背後看去。

葉月從樓下仰望著我。她仍然癱坐在地上，濕潤的眼裡映出我。

真理亞也仰望著我。她什麼話都不說，貼在臉上的銀色瀏海底下的嘴脣咬緊。

我不說再見。因為在我要去的世界裡，想必還會再和她們兩個見面。

我打算找回來。找回星乃，找回她的性命，找回夢想，找回未來。

所以我把手指放到畫面上——

按下了「ＹＥＳ」。

就在這一瞬間。

一條光線由下而上，從我右眼前掃過。螢幕中迸射出的這道光，讓我有種整個人都要被吸過去的感覺，接著意識輕飄飄地浮起。

這什麼玩意兒……？

光的洪流化為壓倒性的怒濤，籠罩住我。這光的叢數迅速增加，就像無限的隧道從我身前射過。

那是記憶。我出生、呱呱墜地、長大的記憶。從我開始懂事，成長，上幼稚園，上小學，國中畢業，在高中二年級認識星乃，和她度過的那些日子，我們變得要好，有時去觀測天文，有時吵架，然後聽她說起她的夢想，決定支持她，她克服繭居，報考ＪＡＸＡ，以特例合格，當上了她夢寐以求的太空人，過著每天訓練的日子，獲選參加ＩＳＳ搭乘任務，一起慶祝，然後巨大的流星雨在眼前劃過，畫面上的星乃流著眼淚，碎裂的ＩＳＳ衝進大氣層——所有的光——不對，不是光，是比光更快的粒子——超光子穿透我的視網膜，逆時間而行，把刻印在我視網膜細胞上的記憶負極資訊發送到過去，把現在的我發送給過去的我。這是超越光速的走馬燈，連光都追不上的四次元世界。這些將會去到——

【2017】

當我驚覺地睜開眼睛，立刻就是一陣劇烈的暈眩。

我站都站不住，單膝跪地，手撐在眼前的牆上。

發生什麼事了？我看見了什麼？

實在太多資訊、畫面與記憶，化為光，不，是化為比光更快的某種東西，穿透了我。殘像化為記憶的閃現，仍然在我眼前，在眼瞼底下錯綜亂竄。等這一切總算平息下來，我才總算能好好睜開眼睛。

我看見了門。

是一扇很眼熟，分不清是黑色還是藍色的深色門。門牌上寫著銀河莊，二〇一號室。是我剛剛還待著的地方。

失敗了……？

這是我最先產生的感覺。我身在同一個地方，看得見同樣的景色。我所處的位置毫無兩樣，感覺就像明明應該跳躍到了很遙遠的地方，卻在同一個位置落地。

但我發現不對。

「啊……」葉月不在了。到剛剛都還癱坐在樓下的她，已經消失得無影無蹤。真理亞也在不知不覺間不見了。雨也停了，而且不只這些，我身上穿的這厚厚的衣服是——制服。是高中的制服。

我不由得打量起自己全身，上下都是懷念的學校制服。仔細一看，書包就放在腳邊，鞋子也是以前穿的天藍色運動鞋。

陽光亮得耀眼。是晴天。雨剛才明明還下得那麼大，現在外面連積水都找不到，沒有任何下過雨的痕跡。

就在這時，門鈴對講機傳來「嗶」的一聲反應。

『——請問是哪位？』

是我說什麼也不會忘記的嗓音。

第三章　起始之日——二〇一七年七月二十五日十四點三十三分

1

『——請問是哪位？』

聽到這句話的瞬間，我心臟猛跳了一下。

我說什麼也不會忘記，也不可能忘得了。這個說話的聲音顯得沒禮貌、冷漠、非常嫌麻煩，但顯然是我非常熟悉的嗓音。

我勉力用顫抖的手翻找口袋，拿出智慧型手機。二〇一七年七月二十五日——錯不了，畫面上顯示的日期表示這裡就是過去的世界。八年前的世界，我還是十七歲時的世界，而且也是她還——活著的世界。

——我不敢相信。我真的……回來了？

『請問……』

又聽到說話聲。我全身一顫，回答「有、有！」的聲音都變得有點尖。她就在這扇門後。她存在著，在呼吸，看著我。

『……請問，是哪位？』

對講機傳來顯然覺得受打擾的說話聲。

「是、是我啊，是我。」

『…………』

「是我啊，我。」

『…………』

隔了一會兒，我才驚覺不對。

——糟糕，我搞什麼鬼啊！

我回過神來，發現自己犯的錯。這裡是八年前的過去世界——也就是說，我和她根本還沒認識。現在才是我們第一次見面。這個時間點的她是個拒絕上學，始終不現身的神祕轉學生。相對地，我對她而言，則是個連長相都還沒看過的陌生人。

——呃，該怎麼辦……

我的目光停在自己穿的制服上，這才想起怎麼回事。高中二年級第一學期的結業典禮，我受真理亞所託，送學校講義與暑假作業到星乃的住處。

「那、那個，我是妳在月見野高中的同班同學，叫作平野大地。然後——」

『不用了。』

這句冷漠的話說完，對講機的光就應聲消失。

「……咦？」

我傻眼了。不用了——我細細咀嚼這句話的意思，腦袋慢了一拍才意會到我吃了閉門羹。

——總、總之，再按一次。

我大亂陣腳之餘，再度按下門鈴。但我等了五分鐘、十分鐘，還是沒有回應。

——難不成……

我斷線的腦內回路終於對我下了結論。

我被她無視了？

冷靜一想，就覺得這是當然的。天野河星乃這個少女是徹頭徹尾的繭居族，極度厭世，不擅長人際關係，連附近的便利商店都不肯去，生活所需全都靠郵購買齊。她就是這麼一個溝通能力零的十七歲女孩。

這我明白。

可是，我最受打擊的是我被星乃無視的事實本身。

五年前，我們一直在一起，幾乎每天都見面。雖然不是情侶，但確實有著超乎朋友的關係，我們一起走在通往她夢想的路上，苦樂與共。現在這些都回到原點了。

我回到了認識她之前的過去，所以這是當然的。然而，就是有一股落寞與心酸籠罩在我內心。

——若進行「Space Write」，將由於電池電力不足而無法歸還，請問是否確定？

我該不會做出了無可挽回的事情？

我心中一瞬間冒出後悔的芽，但立刻就被摘掉。

——救、救、我。

不對，不應該是這樣。星乃就活在這面牆的後頭。哪怕她不認識我，哪怕她不記得我們一起度過的五年時光，她仍然是星乃，是我不惜賭上性命也要拯救的少女。

我一閉上眼睛，「Space Write」的瞬間看見的那影像洪流立刻歷歷在目。記錄了我一輩子的記憶資料，其中奪走她性命的「大流星雨」更是深深烙印在腦海中。我再也不要嚐到那種滋味了。

——沒錯，我就是為了這個目的而來的。

為了救她，為了找回她的夢想與未來。

「呃，我是平野。今天我就先回去了。不好意思，我按了這麼多次木星。」

最後我補上一句：我還會再來。

沒有回應。只是，我覺得這樣就好。失去的時間，必須從現在起腳踏實地重建回來。即使是這樣，比起少了她的那三年的痛苦，根本就沒什麼。

我撿起放在地上的書包，在二樓走廊上緩緩走遠。隔壁二〇二號室的門上還插著今天早上的報紙，日期一樣是二〇一七年七月二十五日。看到報紙我才想起，這個時候銀河莊裡還有星乃以外的住戶。掛在窗框上的透明傘，還有隔著毛玻璃可以看出疑似裝著廚房清潔劑的容器等用品，都透出一種生活感。

仔細一看，我很久沒穿的天藍色運動鞋鞋帶也有一邊鬆脫了。我在原地蹲下來，重新綁好鞋帶，隨即懷念地想起這雙一直穿到高中畢業的鞋子，曾幾何時也不知道塞到哪兒去了。剛才拿出來的紅色智慧型手機，也從很久以前就已經換成顏色更樸素的機種，而我隱約排除明亮色調的穿衣品味，也透過這長達八年的歲月，讓我在在感受到差異。

──我真的，回來了啊……

我重新對這「Space Write」──回到過去的世界這件事大為感慨。即使是已經親身體驗過的現在，我仍然遲遲難以置信，覺得自己是不是還在作夢。

綁完鞋帶，我走下樓梯。這滿是鐵鏽的樓梯和八年前一樣破爛，不一樣的只有從下數來第三階還沒凹陷。

今天接下來該怎麼辦呢──正當我想到這裡時。

突如其來的喀嚓一聲。一種像是金屬互碰的獨特聲響──開鎖的聲響。

我心想不可能，但仍轉過身去，結果……

我倒抽一口氣。

二樓最邊邊的房間門已經打開，一名少女用門板遮住身體站在那兒。她披著一件與她嬌小身軀很不搭，鬆垮又泛白的體育服外套，一頭及腰的黑色長髮蓬鬆地被風吹得晃動。短褲底下露出雪白而修長的雙腳，和上半身服裝的邋遢感很不搭調。腳上穿的涼鞋印有適合兒童的角色，配上她嬌小的身軀，看起來非常孩子氣，但瀏海下一雙不高興似的眼睛卻充滿了對我的敵意。證據就是她手上抱著飛碟布偶，我知道那裡面其實裝了空氣槍。這位美麗又難以親近的少女。

天野河星乃，十七歲。

「啊……」最先是一股覺得必須說些什麼的念頭推動了我。「呃，妳、妳好。」

我想不出什麼中聽的話，意識無法從眼前的少女身上移開，腦袋的線路短路似的無法正常運作。

星乃站著。星乃活著。星乃看著我。

我就像被吸過去一樣，從樓梯折回去，再度回到二樓走廊。然後我踏出一步，少女就做出全身一震的退縮動作。我心想不妙，又退回半步。

我們隔著這令人心焦的短短幾公尺距離對峙。

「——為什麼？」

起初，我不懂她問這話的意思。

少女帶著冰冷的眼神說下去。

「你為什麼知道這是『木星』？」

「啊……」

——不好意思，我按了這麼多次木星。

我這才發現自己失言。這個時代的我還不知道這款對講機，我沒道理會知道她私人發明的名稱。

「啊，呃，那個……」我吞吞吐吐起來。「我……我是聽真理亞伯母說的。」

「聽那女人說的？」

那女人——這個稱呼讓我耿耿於懷。

「嗯、嗯。她跟我介紹妳，我就是在那個時候聽她說起的。」

「妳？」

「星、星乃。」（註：日文中叫對方名字比直呼第二人稱來得禮貌）

「可以請你不要這樣裝熟地直接叫我名字嗎？」

「那……天、天野河……同學。」

我覺得非常不習慣。我上一次用姓氏叫星乃是多久以前的事情啦？

她從雜亂的瀏海下，以毫不掩飾敵意的眼神盯著我看，自顧自地想通似的回了一句：「是嗎？」

「所以全都是那女人指使的？」

「咦……」

「那你就回去跟她說，不要多管閒事。」

她忿忿地撂下這句話。

我想不通。星乃和真理亞感情這麼差嗎？我試著在腦內叫出八年前的人際關係，但從老舊的記憶裡就是找不太到我要的資料。星乃與真理亞，被監護人與監護人。從星乃的觀點來看，是過世父母的好友；對真理亞而言，是過世好友的女兒。我只挖得出這種表面的資料。

「呃，我……」總之得說點什麼才行，得維繫住跟她的關係才行。我以往前傾的姿勢靠近一步。

結果就在這一瞬間……

啪！

一聲清脆的聲響，有東西打在我腳邊。

「唔哇！」

仔細一看，星乃舉起飛碟型的布偶，「準星」對準了我。

「等、慢……」

我還來不及說話，腳下又傳來啪的一聲。不用細看也知道那是一種叫作ＢＢ彈的空氣槍子彈，是天野河星乃的標準配備。

「你敢過來我就開槍。」

「妳明明就已經開槍了吧！」

似乎是對我的回答不滿，又是一槍打在腳下的地面。「唔哇喔！」我像個小丑蹦蹦跳跳。

「好啦，我回去總可以！別開槍！很危……好痛！喂！住手！很痛啦！」

每次我一開口，子彈就打在我腳上。非常痛。

「別再來了。」

「喂！妳！給我記住！」

我一邊重複和上次的「第一次接觸」時同樣的台詞一邊開溜。

2

我被趕出銀河莊後，束手無策。

「哇，好糟……」

捲起褲管一看，腿上有好多ＢＢ彈的彈痕，排出北斗七星似的痕跡。我想起了「槍口不可朝人」這句連小孩子也懂的警語。

——我都忘了，她以前很凶暴啊……

我揉著痛得熱辣辣的腳，就當去療傷，繞到惑井家一趟。但不巧的是似乎沒人在家，真理亞和葉月都沒有會出來應門的跡象。惑井家的外觀，只有屋頂鋪上了格外搶眼的水藍色，我這才想起他們家就是這陣子在施工補強屋頂防漏。

——沒辦法，先回自己家一趟吧……

八年前的街景有些地方變了，也有些景色沒變。例如常去的便利商店是同一家連鎖超商，但打工的店員不是同一個人；寫著內有惡犬的附近住家，那隻本來應該已經死掉的大型犬還精力充沛地亂吠。住商混合大樓一樓那間應該已經倒閉的理容院還在營業，二樓的空位還空著，記得應該會在兩年後才有一家個別指導式的補習班進駐。看到明明應該已經連夜逃債的鎮上工廠還在正常營運，就覺得心情有點複雜。

改變的不是只有這些。正當我來到自己的寄宿處，準備拿出鑰匙時。

——咦？

找不到鑰匙。口袋裡找不到我隨時都會帶著出門的鑰匙圈，錢包和月票夾裡也沒有像鑰匙的東西。

不妙啊，怎麼辦？正當我轉得門把喀嚓作響時……

「這位同學！」

門突然打開，猛力撞在我的手臂上。「好痛！」我呻吟著退後，就有一位陌生的女性從室內探出頭，而且還穿著性感睡衣。

「你找我們家有什麼事？」

「啊……」

這時我才發現不對。門牌上寫的姓氏是「坂井」，不是平野。

——糟了！

這星雲莊是我在父母離婚後才搬來住的，所以現在還不是我的住處。

「啊，對不起，我弄錯房間了！」

我趕緊走人，跑出公寓占地。這完全是我的疏忽。

對於這裡是八年前的世界這回事，我還是有些地方沒能適應。即使腦袋知道，腳還是會自然而然走到平常回去的寄宿處。就和我忍不住直呼星乃這個名字一樣，非得小心不可。

「呃……是那邊啊。」

我來到馬路上，踩著不怎麼聽使喚的腳步走向老家。

「好懷念啊……」

我仰望著漆成白色的兩層樓「自宅」，也不知該說當然還是不自然，總之這尷尬的感想就是脫口而出。

父母在我高中畢業的同時離婚了。

原因是發現父親出軌，母親很乾脆地遞出離婚協議書，離開了家。當時父親外派到遠處，於是直接賣掉住家，用這筆錢擠出要給母親的精神賠償金，以及我的學費與生活費。之後父親健康迅速惡化而病死，一年後母親與一名有孩子的男性再婚，只有我被拋下不管，就這麼過到今天。

這平野家將來就是會走向這種空中解體的命運，所以要我現在回這個家，坦白說會覺得心有芥蒂。說這感覺就好像回到一間倒閉的公司上班，不知道妥不妥當。

「我回來了。」

一走進玄關，母親就來迎接我：「哎呀，阿大，你回來啦～～」也不知道我已經幾年沒見過她了。聽說她年輕的時候，雖然沒有名氣，卻也當了一陣子舞台劇女演員，白嫩的肌膚和清秀的眉目都和惑井真理亞一樣讓人看不出年紀。我自己還是高中生的時候是沒怎麼放在心上，但用活到二十五歲左右的觀點一看，就覺得她確實夠漂亮。和真理亞不一樣的大概就是由於眼角低垂，顯得比較文靜吧。

「成績怎麼樣啊～～？」

「咦？」

我一時聽不懂她問了我什麼。乘機？

「就是成績單啊。今天不是結業典禮嗎～～？」

「啊，對喔。」

我打開書包，翻找了一陣。換作當時的我，八成會為成績單上的成績覺得嘔，但現在連有成績單這回事都已經忘得精光。

「給妳。」

我連內容也不看，就把這張橫向的成績單交給母親。

母親翻開來，一邊嗯嗯幾聲一邊查看。

「原來數學進步，國語退步啦～～剩下的應該算持平吧～～」

母親語氣悠哉地查看我的成績。她語尾拉長的習慣跟真理亞很像，但若真理亞算是女戰士，那我家老媽大概就是治癒系的女祭司吧。

「你明年就是考生了，一定很辛苦吧～～暑假也要努力念書喔～～」

母親似乎覺得沒問題，把成績單還給我。我看了看，五階段的評分裡，3與4交互出現，內容可說平凡到了極點，讓我想起我以前的確就是這樣的成績。沒有拿手的科目，也沒有不拿手的科目，平板而沒有個性。

「晚飯要吃什麼～～？」

「什麼都好。」

「吃昨天剩的好嗎～～？」

「那就這麼辦。」

我隨口回完，上了樓梯。

——好了……

自己的房間我總還記得。二樓最裡面，往左轉。打開門一看，窗邊有金屬床，左手邊最裡面是書桌。

「哇，還在用『7』喔？好舊喔～～」

打開筆記型電腦一看，被出現的作業系統之老舊嚇了一跳。我聽說在ＩＴ產業過個半年就已經算是上一個世代，那八年前應該就是遠古時代了吧。

「噢～～對喔～～說來的確是這樣啊～～」

我看看標記為書籤的「我的最愛」項目，想起了當時自己的興趣以及常去看的網站。和太空或天文觀測相關的網站很多，不過海外歌手相關的網站也不少。這陣子我有在涉獵歐美音樂，雖然現在已經完全不聽了。

電腦和智慧型手機的聯絡簿、書桌抽屜裡的私房錢、電子書清單、從網路上掃來的免費色情影片……我把當時自己的「裝備」都檢查過一輪。

「對喔，暑假啊……」

桌面上顯示的是一位笑咪咪穿著泳裝，但到八年後早就退出演藝圈的偶像，上面的日期是二〇一七年七月。今天是結業典禮，從明天起就是暑假。

當時的我，是怎麼度過夏天的呢？我回溯記憶翻找，但就是想不太起來。八年的歲月，原來會讓人的記憶變得如此稀薄嗎？

之後我也繼續在房間裡漫無目的地翻找，從網路新聞到時事話題都看，消磨時間。像是新內閣的陣容介紹、核電廠除役問題、連續殺傷案的公開判決內容、無人行星探測器停止更新消息——從政治經濟到娛樂、文化甚至科學新知，所有最新時事話題都讓我懷念。附帶一提，新內閣因為閣僚鬧出醜聞，撐不到兩年就解散，核電廠的事情到了八年後也完全沒有得到解決，連續殺傷案的嫌犯在獄中死亡，無人行星探測機在下個月就很乾脆地找到了。

我就這樣「更新」腦袋裡的資訊，度過了第一天。上網到一半，想到要不要打電話給星乃，然後發現手機裡沒有登錄她的電話號碼。裡頭有惑井真理亞、惑井葉月這些到了八年後也還有來往的聯絡人，也有很多高中畢業後就完全疏遠的人。聯絡簿上的朋友，之後大部分都已經不再往來，讓我切身體認到近年來自己的交友關係有多狹隘。上面列出的一朗、梅西、宇宙這些綽號，都讓我好懷念。

跟母親吃完只有我們兩個人的晚餐，回到自己房間後，立刻就受到睡魔侵襲。

「呼啊……」

仔細想想，「今天」真的發生了很多事。被真理亞一邊打一邊訓話，被葉月擁抱著表白，對我而言都是「今天」發生的事。

——可以請你不要這樣裝熟地直接叫我名字嗎？

我想起星乃的話，還有她的面孔。

她以冰冷的眼神，絲毫不假辭色，讓我吃了閉門羹。但她仍然活著。她確切存在著，耳朵聽得見我說話，眼睛看得見我。

我蓋上毛毯，在床上想著她。

我哭了一會兒。

3

翌日早晨。

『DO IT!DO IT!OH!F〇CK ME♪』

吵鬧的鈴聲叫醒了我。雖然不免覺得這個品味差勁的西洋歌曲是怎樣，但轉念一想，這就是我高中時代的品味。

朝畫面一看，一個名字在閃爍。

「涼介」。

——啊。

我一瞬間想起Space Write前發生的事。同學會那天，那個架住我、最後還用憐憫的眼神看著我的老朋友，將來會當上醫師的人物——山科涼介。

我睡意全失，下了點決心，按下通話鈕。

「喂……喂？」

『喔～～大地同學，你還活著～～？』

話筒另一頭馬上傳來輕佻的說話語氣。

咦……？

『咦？大地同學你怎麼啦？睡昏頭還沒醒嗎？熬夜看A片啦？』

——我都忘了。

記憶總算甦醒。山科涼介本來是這樣的個性。他是個給人輕佻感覺的痞子，覺得網球校隊練習太辛苦，所以三個月就退隊，是個沒有毅力的人。在這個時間點，他的成績差得讓人完全無法想像他將來會當上醫師。

『哎呀～～大地大師真有一套，超Respect的啦。從第一天就馬力全開。』

「第一天？」

『哎呀呀，大師您忘了嗎～～講習是從今天開始。』

「咦？」我朝日曆看去，上面根本沒寫到這件事。不，仔細一看，有個隨手插在書架上的東西，那是寫著衝刺班名稱的小冊子。

——對喔，從今天開始就是暑期講習啊！

『大地同學，掰啦！啊，別忘了上次講好的A片光碟啊！』

涼介傻子似的講完這幾句話就掛斷了電話。我看著手機畫面顯示的「涼介」這個來電紀錄，困在一種懷念又有點五味雜陳的感情裡。我和山科涼介確實在前陣子的同學會上才見過，但像這樣和十七歲的他說話則真的已經事隔多年。感覺就像事隔八年後，和一個住得很遠的朋友重逢。

「暑期講習啊……」

我是為了拯救星乃才Space Write到這個世界來。所以坦白說，我覺得高中或衝刺班之類的都不重要，只要做能拯救星乃性命的事情就好，現在根本不是去上什麼暑期講習的時候。

——可是……

試著推敲到這裡，就湧起了其他疑問。

拯救星乃這件事已經定案，是一切的大前提，為此我什麼都願意做。如果是有恐怖分子引發那場「大流星雨」，我當然至少也要查出那個人的所在，把他扭送警局。但就現狀而言，我不知道恐怖分子在哪，而且恐怖攻擊本身也尚未發生。八年後的未來，全世界國家公權力都大肆出動卻仍遍尋不著的神祕恐怖分子，我實在不覺得像我這麼一個老百姓能輕易找出來。而且就算要阻止星乃那次飛行以避免遇上恐怖攻擊，她現在也連太空人都還沒當上。

「對喔……」

仔細一想，現在的我沒有一件事辦得到。頂多只能多去找星乃，想辦法和她培養感情，但就連這個任務，我也是昨天才剛被趕回來。從星乃厭世的個性來看，可想而知死纏爛打只會讓關係惡化，應該需要一些「戰略」。而且從Space Write之後，我還沒把「空窗期」填補回來。對於這種堪稱有八年時差的狀態，我必須想辦法處理。如果就這麼不念書也不去上學，我跟爸媽還有老師之間的關係也顯然會變得麻煩，而且憑高中生的經濟能力，要離開父母的保護獨立生活也並不實際。在想到拯救星乃的有效計畫之前，先暫時順著「普通的高中生活」進行多半比較保險吧——我暫且確定了眼前的方針。

手機畫面上冒出「暑期講習」的提醒字串。

「就先去露個臉吧……」

「喔～～辛苦我們大人物來上班啦！」

一進教室，一名少年就舉起手。山科涼介。他一頭看起來染得很廉價的褐髮留到肩膀，胸前戴著銀色項鍊。外表走男公關風，意志力軟弱。我想起他的「很扛不住人情壓力的輕浮男」這個評價，早已在班上有了共識。

「我不小心忘了。」

「昨天才跟你說過，為什麼已經忘記啦？」

「抱歉抱歉。」

對我來說是八年前，怎麼可能記得。

等我搭兩站電車抵達時，已經遲到將近一小時。下課時間的教室被出入的學生擠得水洩不通。

「早啊～～平野～～」

涼介的身後有一名少女親熱地舉起手。這名少女彷彿要把染成金色的頭髮秀給大家看，在頭上綁得老高。一雙有點銳利的眼睛直視著我，隔著衣服都可以清楚看出的豐滿胸部將薄襯衫往上頂。她確實是個美少女，但胸前打得很鬆的領帶以及吊兒郎當的感覺，都給人一種像是不良少女的印象。

——呃……這是誰來著？

「平野，你今天是怎麼啦？竟然睡過頭，還真稀奇。」

「會、會嗎？」

眼前就先順著話頭說下去。

「當然會。你不是什麼事情都會弄到穩穩低空飛過嗎？沒有搶眼的活躍，但絕對不搞砸，像這種感覺？」

——啊！

我總算想起來了。

「盛田……伊萬里？」

「咦？啊，嗯，怎麼突然這樣叫我？」

少女略顯驚訝，眨了眨眼。

沒錯，盛田伊萬里——我五味雜陳地看著她年輕的臉龐。

她長大成人後變得穩重，但高中時的確就是這種模樣。是全班最像不良少女的一個，和輕浮男涼介並列為首席壞小孩二人組。之所以會不甘不願地來參加暑期講習，是因為家長擅自幫他們報名，這點他們倆也一樣。

——對喔，她本來是這個樣子啊……

對於超越時光後「重逢」的朋友們現在的模樣，我不由得覺得格格不入。當上醫師很有出息的涼介，以及有了成年女性應有的沉熟穩重的伊萬里，讓我就是對不到現在年輕又愛玩的他們兩人身上。

附帶一提，伊萬里沒把不良於行的障礙當一回事，將來成了業界知名的設計師。後來和交往多年的涼介結婚，然後——

——早知道就不該找你這種人來！

在同學會打了我一巴掌。

「喔，怎麼啦，大地同學？」涼介露出賊笑說了。「竟然用全名叫駱駝蹄，有點可疑喔～～」

「不要叫我駱駝蹄！」

盛田伊萬里大喝一聲，朝涼介踹了一腳。盛田的「盛」接上伊萬里的「萬」，就成了駱駝蹄。這是涼介取的綽號。

——咦？伊萬里的腳……

我想起她在同學會上拄著楞杖的模樣。現在她用來踹涼介的右腳，本來應該是有殘障的。所以她發生意外而受傷是在這之後？如果是這樣，那是幾時來著啊？

我還在沿著記憶尋找，鐘聲已經響起。

「啊～結束啦結束啦～」

涼介誇張地伸了個懶腰。

合計三堂課上完，第一天的講習宣告結束。

坦白說，上課內容我是左耳進右耳出。數學公式全都沒聽進去，而且我也沒那個心好好努力學會。腦子裡轉的念頭全都是昨天才剛見到的星乃，想著今天回家路上要去見她但該說什麼才好，有沒有什麼有效的計謀……滿腦子都想著這些。這樣我實在沒資格笑涼介。

「好了，接下來就是開心的時間了。」涼介轉向斜後方，探出上半身進攻。「伊萬里，我們吃點東西再回去吧。」

「咦～」

盛田伊萬里露骨地擺出嫌麻煩的表情。

「我累了，很想趕快回家休息耶。」「別這麼冷淡嘛，夏天才剛開始呢。」「那我要回去了。」「啊啊～伊萬里，等等我啦～」

涼介秉持輕浮男的作風，追著女生屁股跑。這樣一看就覺得很懷念。實際上他們兩個是在什麼契機下開始交往的？看涼介這麼被冷落，實在不覺得他們會結婚。

一分鐘後，涼介苦笑著回來了。

「該死～～那女的明明很輕浮，卻很不好追。」

我在內心吐槽：將來要跟這個輕浮女結婚的人就是你。

「好羨慕喔～～如果我也是個像你這樣的型男就好了～～」

「喂，我哪可能是什麼型男？」

「唉唉～～所以我才說你喔……」

涼介誇張地比手劃腳，擺出一副覺得我不懂的姿勢。

「你在女生之間可是挺受好評的喔。」

「真的假的？」

「說你長得是不錯，可是那種年紀輕輕就已參透人生的態度讓人看了就火大。」

「這根本就沒受到肯定吧？」

「重要的是長相啊，長相。」

我反倒覺得涼介這種地方帥氣得多，但現在議論這個也不是辦法。從我看來，他還是別染頭髮，留個有男子氣概的短髮比較適合。只是他本人完全走相反品味的路線，就讓我覺得搭不起來。

「啊～～話說回來，駱駝蹄實在讓我想到就火大～～」涼介被甩而惱羞成怒，開始說她壞話。「那種一點都不可愛的女人絕對找不到人嫁，是那種會碰到壞男人然後毀了一輩子的類型吧。」

「也對，也許會碰到壞男人吧～～」

我一邊看著她將來的老公一邊在內心吐槽。

4

這天傍晚。

我立刻前往銀河莊。

今天想了一整天，得到的結論是：

我要救星乃——這個念頭沒有改變。只是，為此我該怎麼做？遲早會發生的「大流星雨」，以及到時候拯救星乃性命的方法等，我想來想去，現階段只有一件事很清楚。

我必須跟她熟起來——這是最低限度同時也是最優先的事項。無論是要給星乃建議，還是要讓她找我商量事情，總之大前提就是要先建立基本的人際關係。沒有這樣的關係，想來就不會有任何進展。聽一個陌生人給建議，也肯定會半信半疑，何況從星乃的個性來看，絕對聽不進陌生人的意見。

可是……

『…………』

我按下對講機，等了五分鐘。沒有回應。

我知道星乃這個繭居族是假裝不在家，因此沒有回應也就等於被她無視。

——不行嗎……

我告訴自己不必著急。

我很清楚星乃。她的興趣、個性、喜歡吃什麼東西、怕什麼蟲，從充滿回憶的歌曲到喜歡的天文台，全都一清二楚。我對和她熟起來的「第一輪人生」很清楚。只要發揮這些知識，應該就能用很有效率、ＣＰ值很高的方式，縮短和她的距離。

「我會再過來。」

就在我這麼想著，回到二樓走廊的時候。

聽到喀嚓一聲。

我心臟猛一跳，不由得當場站得直挺挺的不動，然後轉頭看去。

——星乃……！

從門後走出來的，是一名我很熟悉的少女。一頭亂糟糟的黑色長髮留到腰間，皮膚仍然白得病態。今天她穿著運動長褲，上半身則是鬆垮垮的T恤。她一樣把飛碟型布偶抱在胸前，瀏海下的眼睛仍然對我投來充滿敵意的視線。

「——為什麼？」

「咦？」

她瞇起瀏海下的眼睛，冰冷的視線刺在我身上。

「為什麼又來了？」

「我、我不是說過還會再來嗎？」

「我說過叫你別再來了吧？」

她立刻照樣造句似的反駁。即使不明說，透過聲調也足以讓我感受到那股「我覺得不愉快耶」的情緒。

「又是那女人的命令？」她提出上次提過的名字。

「妳是指真理亞？」

「那還用說？」

「她不就像是妳媽媽嗎？」

「別開玩笑了。我才不承認那種人是我媽媽。」

「為什麼啦？真理亞伯母人不是很好嗎？雖然有點怪。」

「……人很好？」

她的氣息變了。擠向眉心的皺紋已經跳過不開心，進檔到憤怒的階段。

「地球人沒有一個好東西。一個都沒有。」

「哪有可能？」

「就是有可能。」星乃滿腔怒火地斷定。「地球人不能相信。他們冷酷、殘忍，三兩下就會背叛。」

「說不定有這樣的傢伙，可是應該也有好人吧？」

「因為地球人都很愚蠢，腦筋很差。我討厭。」

「星乃，妳聽我說。我——」「不要叫我星乃！」

門發出憤怒的聲響緊緊關上。

5

從銀河莊徒步一分鐘。這棟房子就是如此近在咫尺。

「惑井」。

從門鈴聲響起過了好一陣子。我想起各式各樣的事情，有點緊張地等待。

「喔喔，是大地啊～～」

門打開後，一名高挑女性搔著一頭睡得到處亂翹的銀髮走出來。大概是剛起床，她不但穿著睡衣，衣襟還有點敞開。

——啊……

惑井真理亞的左臉頰上並不存在那道很大的舊傷。我本來就知道她是個美女，但年輕了八歲，加上臉上少了舊傷，更讓她成了讓人眼睛一亮的美女。相信即使她自稱女演員，大家也會相信。她本來就有不像日本人的身材，和她一頭有光澤的銀髮更是絕配，讓人覺得彷彿是奇幻世界當中的人物。

——別開玩笑了，什麼時光機！回到八年前？讓她起死回生？繼承彌彥和詩緒梨的夢想？你這個大笨蛋，給我適可而止！

忽然間，我想起了在八年後的世界——對我而言仍是最近才發生的事——真理亞對我說過的話。我「Space Write」後，當時臉頰被她打的痛楚理應已經消失，但像這樣待在她面前就覺得還在痛。

「嗯，怎麼啦～～？看你在發呆～～」

「沒有……」

——我這才想到，真理亞臉上是幾時受傷的？

我試圖想起，但一時間抽不出這些記憶。

「可以耽誤妳一些時間嗎？」

「行啊，沒問題～～」她很乾脆地答應，然後朝家裡喊：「葉月～～有客人來了～～去泡個茶～～」

「好～～」

一名少女從二樓的樓梯跑下來。一頭輕飄飄的黑髮綁著有點大的紅色蝴蝶結，穿著白底粉紅線條的運動服。

「大哥哥！」

惑井葉月活力充沛地喊了我一聲。

她蹦蹦跳跳地下樓梯，朝我跑過來。緊接著拉住我的右手，對我撒嬌似的說：「好棒喔，今天我們要玩什麼？」

——對喔，八年前，還是這樣子……

這個滿是稚氣與天真的少女大膽地黏在我身上，用力拉我的手。從二十歲到十二歲的改變總是有著很大的隔閡感，加上她本來就娃娃臉，更讓她顯得孩子氣。

「大哥哥，今天你可以待久一點嗎？」

「不，只能待一下。」

「咦咦～～都放暑假了，我們多玩一下嘛。好不好嘛，大哥哥？」

我懷念地想起這個時候她對我的稱呼還不是「學長」，而是「大哥哥」。我和葉月從小就是兩家人都有來往，就像一對年紀差比較多的兄妹一樣一起長大。我們會去對方家玩，或是去附近公園玩。

——我從以前就一直看著學長。

Space Write前，臨別之際她所說的那句話在腦海中甦醒。

葉月是從幾時起對我懷有好感的呢？也因為我們本來就像親兄妹一樣親，我到現在還不知道她是在什麼地方開始把我當成異性看待。

五分鐘後。

「媽媽，妳紅茶裡加太多砂糖了啦。」

「有什麼關係，加這麼一點沒問題的～～」

「大哥哥呢～～？」

「那我加一匙就好。」

細心泡好的紅茶香氣舒暢地竄過鼻孔。我想起這個家的奢侈品是取決於掌管廚房的葉月對什麼有興趣，所以表示這陣子她對紅茶很講究。

「——然後啊，大地。」

真理亞還拿著杯子，靜靜說道：

「星乃，怎麼樣？」

「呃，這個嘛……」

——不要再來了。

我聳聳肩，坦白招認：「她完全不理我。」

「是嗎……」真理亞微微嘆了一口氣。「她說了什麼？」

「沒有，沒說什麼。」

——所以全都是那女人指使的？

星乃的話又在腦海中甦醒。

她和真理亞的關係有那麼糟嗎？據我所知，氣氛的確尷尬，但總覺得沒有嚴重到讓星乃稱真理亞為「那女人」。還是說，只是因為事隔八年，我的記憶已經模糊了？

「她前不久發生了很多事，所以戒心很重～～」

「……我想也是。」

這我很清楚。

「我想那孩子很難相處，但還是希望你跟她做朋友～～」

她說完這句話，愛惜地摸著星形耳環。那是小時候星乃親手做了送給她的禮物，是真理亞一直很珍惜的寶貝。

——可是，她跟星乃處得不好耶……這是為什麼呢？

「不好意思啊，拜託你做這種麻煩事～～」

「還好，我會盡力試試。反正我很閒，而且拜託我的不是別人，是真理亞伯母。」

「我欠你一次！」

她啪的一聲在我背上拍了一記。「噗喔！」我被紅茶嗆到。

「哇！大哥哥，你還好嗎！」

葉月趕緊拿紙巾給我。

她急忙擦拭我弄濕的褲子，一邊罵：「真是的，媽媽妳小心點啦！大哥哥是葉月的寶貝『丈夫』耶！」

——咦？

我反問了這句話：

「丈、丈夫……」

「你答應過吧，大哥哥？」

「幾時？」

「小一的時候！」

我完全沒有記憶。

「要等到十六歲才能結婚，所以還要等四年耶～好久喔。」

她完全沒有說笑的感覺，喃喃自語得十分陶醉，眼神還像在遙望遠方。

我為難地往旁一看，作母親的就以美式風格聳聳肩說：

「都好，剩下的就給年輕人自己處理嘍～」

說完走出房間，彷彿在強調不想牽扯進這種麻煩事。

「大哥哥～～」

等母親離開，只剩我們兩個後，葉月說話的聲調變得更撒嬌，身體也靠了過來。她在沙發上緊貼著我，讓我微微退開。

「大哥哥，下次我們一起出去玩。葉月有很多票～～」

她說完就自己配了個「噔噔～～」的音效，拿出一個金屬盒。之前大概是裝煎餅之類的吧，是個銀色的鋁盒。

她打開一看，裡面裝了很多門票或小冊子一類的東西。「ＪＡＸＡ暑期兒童班　～發射真正的火箭」、「天體與宇宙　——太空人的足跡」、「月見野美術大學　星空藝術家展」、「電影版ＨＡＧＥＴＡＫＡ　——遙遠的歸還」、「天文台『雅』　～月砂、星砂」、「太空雜誌特別企畫　太空人的一千零一夜」等，大多和太空或星空有關。

「媽媽說看我喜歡哪個都可以去。」

「原來，是真理亞伯母的啊？」

真理亞從以前就常常拿這類太空相關活動的小冊子和門票回家。聽說她身為「ＪＡ

ＸＡ的美女職員」，很有明星光環，也有很多活動會請她去參加。

「啊，這個不是真理亞伯母也會出場的活動嗎？」

我拿起一張文宣。這場活動叫「天體與宇宙——太空人的足跡」，上面有真理亞的照片，還有演講內容說明。仔細一看，她拍照也非常上相，即使說她是好萊塢的女明星也不會覺得突兀。

「真是的～媽媽出場的活動就不用了啦……啊，大哥哥，這個怎麼樣？」

她拿起了一張傳單。

——啊……

大ＩＳＳ展——星空中飄盪的太空站——

飄盪在太空背景中的四片巨大太陽能板。這方形的輪廓與蒼白的形體，我不可能會忘記。

ＩＳＳ——國際太空站。

我接下葉月遞來的傳單，靜靜地讀起。小標題寫著「廣受全球矚目的ＩＳＳ」，報導日籍太空人的活躍。彌彥流一設計的「希望號」無論功能性還是耐用年數，都有出類拔萃的性能，而在既有的單晶矽架構上追加鈣鈦礦科技的高效率太陽能電池面板，加入液態金屬的耐久性太空殘骸屏障等，這些劃時代的科技對歐美、中國、俄羅斯等國也都加以公開，太空站本身的壽命也隨之大幅提昇。然而營運展期才剛確定，就發生了「那個事件」，從現在算起五年後，ＩＳＳ就和其他人造衛星一起化為星塵消滅了。

ＩＳＳ。那是她的墓碑。

「大哥哥，聽說是重現ＩＳＳ等比例模型來展示耶！要去看看嗎？」

「不了，不好意思。」我靜靜地搖搖頭。「選別的地方，好不好？」

結果這一天，我拗不過葉月，答應要去「月見野美術大學　星空藝術家展」。

6

「我聽說啦，大地同學！」

一來到衝刺班，涼介就跑來勾肩搭背。

「聽說你對那個神祕轉學生展開了猛烈的追求？」

「你怎麼知道？」

「嘿嘿嘿，班上的漂亮女生全都躲不過我的法眼。」

涼介賊笑著說得很自豪。戴在他胸前的那個跟他不太搭的銀色項鍊，今天也十分閃亮。

「原來啊～～對女生不表示興趣的大地同學終於也迎來了春天啊？」

「也不是這樣。」

「話說回來，為什麼是天野河？她是個非常漂亮的美少女沒錯啦。」

「你又沒見過。」

「少來了～～那個美少女不是很有名嗎？」

涼介捲動手機畫面，翻出一些不知從哪裡找來的少女照片給我看。看似只有十歲左右的星乃年幼的側臉。她雙手被父母牽著，大概是正要上車時被拍到的吧。

「你從哪裡找出這種東西的？」

「沒有啦～～網路上不就有一大堆嗎～～十歲就這麼漂亮，到了十七歲的現在，真不知道已經長成怎麼樣的美少女——好痛！」涼介說到這裡，誇張地整個人跳起來。

他喊痛按住腳，回頭一看，那兒站著一個皺起眉頭，看似很不高興的高中女生。

「戀童癖，別擋路。」

「妳幹嘛啦，駱駝蹄！」

「不要叫我駱駝蹄！」

可悲的輕浮男又被踹了一腳，這次改按住另一隻腳呻吟。

「你下次再這麼叫，我就踢爆你蛋蛋。」

伊萬里坐到座位上，仍然皺著眉頭滑手機，還粗暴地猛踹桌腳，顯然心情很不好。

「伊萬里是發生什麼事了嗎？」

「想也知道，女生心情不好的時候，就是那個啊，那個。女生才有的日子。」

「是這樣嗎？」

「說實話，她說最近在跟馬麻吵架。」

「馬麻喔……」

我把涼介的話當耳邊風，又看了她一眼。

伊萬里不掩飾自己的壞心情，用指甲摳著桌子，緊皺眉頭。總覺得一靠近她就會被砍成兩截。

——這麼一說我才想到，她高中時還挺凶的，踹涼介的時候也都不留情。

八年後的盛田伊萬里形象是非常成熟的女性，所以看到現在焦躁的伊萬里，就讓我覺得很不可思議。

開始上課後，她仍然一直摳著桌子，下課鐘一響立刻就走出教室。

「女生心情不好的時候，最好的方法就是讓她們先冷靜下來。」

涼介說得好像自己很懂，一邊點選智慧型手機，搜尋泳裝寫真偶像的影片。

這天傍晚。

上完衝刺班，我和涼介一起走在回家路上時。

「嘿嘿嘿，大地同學，我啊，找到了『好東西』。」

「好東西？」

「這個這個。」

涼介像要拿出什麼寶貝似的，從褲子口袋裡拿出了「那個」。粉紅底色，鑲有繁星般閃閃發光的水鑽，是一支超級浮誇的行動裝置。翻過來一看，上面貼著小小一張拍了兩名少女的大頭貼。

「喂，這是伊萬里的嗎？」

「答對了！」

「為什麼會在你手上？」

「沒有啦～我是想說聽見後面桌子傳來奇怪的聲響，一看就發現抽屜放著這個。一想到這裡面有伊萬里的祕密，我就好興奮啊～～」

「要是被發現，伊萬里會把你打個半死。」

「安啦，大地同學太沒膽啦。」

涼介說著就開始操作伊萬里的智慧型手機。螢幕開啟後，他就把手機湊向自己的臉，像要送秋波似的眼睛眨個不停。

「你從剛剛就在搞些什麼東西啊？」

「還有什麼？就是那個ＡＰＰ啊。只要能解鎖……果然不行啊～」

他遺憾地垂頭喪氣。我是搞不太清楚，不過看來想解手機鎖是失敗了。

「我不會害你，趁被她發現前放回去吧。」

「不不不，我們現在就去伊萬里家吧。只要有還手機這個藉口，說不定就有機會進她房間。」

「是嗎？你加油啊。」

「大地同學，不要講這種冷淡的話！你有那個美少女，當然無所謂了，可是我還沒有一個可以撫慰我心中滾燙青春火焰的女朋友啊！」

就在這時，涼介身上傳來上個世代的流行歌旋律——在這時代是最新歌曲就是了。

「喔！」涼介拿出自己的智慧型手機。

「太棒啦！朝陽回我訊息啦！說現在可以跟我見面！」

「你說的朝陽，是恒野朝陽？」

「沒錯沒錯，就是班上胸部第二大的朝陽。」

「第一大是誰啊？」

「就是這傢伙！」涼介說完，把一個東西交到我手上。

「那我去和朝陽歌頌青春，這個就麻煩你啦！」

「喂，你該不會是想叫我送去吧！」

「全班胸部最大的就讓給你啦～～！」

涼介這麼喊著，人已經穿過驗票閘口，下了通往月台的樓梯。「喂！等……！」我話說到一半，已經聽到電車要開的聲音。

留在我右手上的是一支超浮誇的粉紅色智慧型手機。

「真的假的……」

7

「啊，剛才那個路口果然應該走右邊嗎？」

三十分鐘後，我在找伊萬里家，搞得有點迷路了。

——似乎也不必特地跑這一趟吧……

如果只是有東西忘了拿，明天在衝刺班見面時再還就好。可是，要把伊萬里的手機拿回家就讓我隱約有點抗拒，而且如果在明天還給她之前都要負責，我也敬謝不敏。到頭來，我得出了還是趕快拿去還最輕鬆的結論，於是就這樣一路從車站走過來。

就在這個時候。

「咦……？平野同學……？」

聽到有人叫我，我驚覺地抬起頭。

回頭一看，那兒站著兩名少女。

一名少女戴著眼鏡，兩條這年頭已經很少人綁的辮子垂到胸前，以有點吃驚的眼神看著我。

——呃，這是誰來著？

「你在這種地方做什麼？」

「噢，那個……我在找伊萬里家。」

「這樣啊？你要去她家玩？」

「不是，只是想把她忘記的東西送去。她把手機忘在衝刺班了。」

我一邊談話一邊拚命搜尋腦內資料庫。這兩個人，我確實有印象。呃，記得是……對了！

「Universe……？」

「我說過不要用那個名字叫我吧？我本名叫宇野宙海。」

「啊、嗯，抱歉。宇野……同學。」

記憶總算甦醒過來。宇野宙海，對什麼事都很正經的班長，學業優秀，是老師的愛將。從當地的國立大學畢業後，在縣政府工作，是個穩健未來已經得到保障的人物，卻又會率先承擔起麻煩的學生會活動，對慈善活動也很熱心，給我的形象不像是ＣＰ值高，比較像不得要領而樸拙。順便說一下，她的綽號由來是把姓名中的「宇」和「宙」拼成「宇宙（Universe）」。

「呃～我想盛田同學家應該是再過去一條街，喏，就是那棟白色牆壁很大一片的房子。」

「啊，是這樣啊？」

「沒錯吧，冥子？」

——對了，旁邊這個是「黑洞」。

Universe搭話的少女，大大的黑色緞帶垂到腰間，穿著像是出席喪禮的黑色服裝。她名叫黑井冥子，每次都穿得一身黑，所以綽號叫「黑洞」。不知道為什麼，她跟宇宙很要好。說起來黑洞的朋友也就只有宇宙。

對了，黑井將來是會變成怎樣來著？

我一如往常，想用ＣＰ值來估量同班同學的未來，但我實在想不太起黑井畢業後的出路。是跟Universe進同一間大學嗎？

「…………」

黑井冥子不說話，微微點頭。她有著跟日本人偶一樣剪齊的瀏海，遮得讓人完全看不見眼睛，根本無法窺見她在想什麼。

「這樣啊，再過去一條街啊。謝啦，多虧妳告訴我，宇宙。」
「就說我叫宇野宙海了！」
「抱歉抱歉，那我走啦。」
我知道路怎麼走後，揮揮手和她們道別。宇野宙海揮手回應，但黑井冥子始終保持沉默。
就在我從她們身旁走過之際。
「——心。」
我好像聽見黑井冥子小聲說了些什麼。但聲音太小，我聽不清楚。
小心——聽起來像是這樣。
等我想問回去，她們已經彎過轉角，看不見了。

8

「盛田、盛田……喔，有了。」

我照她們告訴我的路走，終於抵達了我要去的住家。高牆圍繞著寬廣的占地，是一棟白牆十分耀眼的宅邸。這麼一來，我的記憶才復甦，想起伊萬里家很有錢。

——話說回來……

我想起了從黑井冥子身邊走過時，她對我說的話。「小心」。如果不是我聽錯，她確實這麼說了。我不清楚這句話到底是什麼意思。

「而且，我還是第一次聽到黑洞好好說出一句話啊……」

我想著這種事，站到伊萬里家門前。不知道是不是大理石或黃銅，總之那一看就很高級的門牌、廣大的宅邸、離大門很遠的玄關，都讓我覺得有錢人果然不一樣。同時我摸摸口袋裡的智慧型手機，然後才去按門鈴。

就在這時。

「——少囉唆！」

一道喊聲直衝耳膜，讓我停下手指。伊萬里的叫聲——聽起來是她。隔著柵欄朝裡頭看去，看到玄關的門微微開著，聲音就是從裡頭傳來。

「為什麼我的將來就得由媽媽幫我決定！我已經不是小孩子了！」「妳明明就還是小孩子吧！卻整整三天不回家，妳在打什麼主意！」「現在是暑假，我要待在哪裡是我的自由！」「我是擔心妳才說的！」「啊～～真是的！就說妳這樣是多管閒事了！」

「妳這是跟媽媽說話的口氣嗎！等爸爸回來，我會叫他好好罵妳一頓！」

爭吵非常劇烈，連離玄關有點距離的我都聽得見。看來是母女在吵架。

「我不管了！」

玄關門磅的一聲打開，金髮少女跑了出來。

「伊萬——」

我正要叫她，她卻看都不看我一眼就跑走了。之後應該是她母親的人物追了出來，但看到我而露出狐疑的表情後，就故意關給我看似的緊緊關上門，回到屋裡。

「啊～～」

我看向手上的手機，為自己運氣不好被牽扯進麻煩事而嘆氣。

我在附近的公園找到了她。

一名少女坐在鞦韆上，盪得鐵鍊發出哀傷的嘰嘎聲。我叫了一聲「伊萬里」，聲響就停住了。

「平、平野……！」

她一注意到我，立刻發出驚呼。接著趕緊撇開臉，用力擦了擦眼睛。等她再次轉過頭來，眼線已經糊掉，像是暈開的顏料。

「給妳。」

我從口袋拿出她的手機。粉紅色的機身被夕陽照得閃閃發光。

「啊……」她睜圓了眼睛。「謝謝。你特地送來給我啊？」

——整整三天不回家，妳在打什麼主意！

我在玄關前不小心聽見伊萬里母親說的那句話在腦海中甦醒。

這段期間，伊萬里都有來衝刺班，所以我萬萬沒想到她竟然離家出走。

「妳跟爸媽吵架了嗎？」

「常有的事了。」

伊萬里沒有抬起頭，像在追逐自己的影子似的搖晃身體。鞦韆像年久失修，發出嘰嘎聲。

「總覺得為了畢業後的事情被講了一大堆，聽得我一肚子火，反駁幾句，結果就吵起來了……所以才會小小離家出走。就這樣而已。」

「畢業後的事情？」

「妳都已經高二了，要好好為將來打算——每天都在囉唆這些。我第一學期的成績爛透了，所以也沒辦法，但像暑期講習，她都沒跟我說就擅自幫我報名了，而且爸爸也說我不去就不給我零用錢。我爸媽最近成天就是跟我囉唆這些。」

「這樣啊……好慘喔。」

我嘴上說得同情，內心卻覺得「饒了我吧」。坦白說，去管別人的家務事可是再麻煩不過。

「唉～以後該怎麼辦？朝陽也說今晚不能讓我過夜……」

她一邊滑著手機一邊溜鞦韆。她跑了一段路而弄亂的頭髮影子在我腳邊來來去去。

我也有想說回家吧，但不知為何就是不想立刻離開。

沉默持續了好一會兒。總覺得鞦韆寂寥的嘰嘎聲是體現出她的心情。

「平野你啊——」

她小聲喃喃說道。

「畢業以後，要做什麼？」

——大地同學啊，畢業以後，你要做什麼？

我從這句話聽到了以前星乃問過我的問題。

「怎、怎麼突然提這個？」

我回答得莫名有些吞吞吐吐。

「就是想做什麼工作，想嘗試做什麼事情之類的啊……」

「沒有那種東西。我只隱約想過要上大學，然後找個地方就業。」

雖然實際上是打工一直換，最後失業就是了。

「記得伊萬里妳是想當設計師吧？」

「咦？」她睜圓了眼睛。「我跟你說過嗎？」

——糟了。

「啊啊，沒有。」

我趕緊掩飾。

「之前妳不是提過一點嗎？說是喜歡設計。」

「有這回事？」

她歪了歪頭，但也不怎麼在意的樣子，繼續說：「然後啊……」我鬆了一口氣。

「沒錯，我想當設計師……所謂的時裝設計師。」

她一度拉起視線，然後又低下頭。

「這是我從小就有的夢想。我知道這不是誰都能當，沒有才能就不行……可是，我除了這個以外，沒有其他想做的事。」

「有什麼不好？就當設計師啊。」

「可是爸媽都不當一回事啊。剛才媽媽也叫我別老是說那些不著邊際的話，要我實際點。」

「這樣啊？也是啦，畢竟要當設計師難度大概很高。」

「嗯。我查過，想當的人非常多，能成功的只有一小撮人。」

說著伊萬里低下頭。側臉的表情顯得沒什麼自信，很少看到她這樣。

我暗自想著：何必那麼苦惱？伊萬里將來會成為業界知名的時裝設計師，肯定是有才能的。

「連我自己也知道，這就像在說夢話，也知道還是聽爸媽的話，乖乖去上大學，正常就業會比較好。」

「也是啦。畢竟夢想這種東西，百分之九十九都不會實現，而且到時候才後悔沒有地方就業，那就太遲了啊。」

「說得也是啊……」

她嘴上贊同，但顯得很無力。

「平野你呢？」

「咦？」

「你沒有夢想嗎？」

「夢想……」

——大地同學缺乏夢想。

星乃的話又在我腦海中掠過。我想起了那個時候感受到的揪心。

「沒有那種東西。」

「一個都沒有？」

「不行嗎？」

「啊，不是啦，我不是在怪你。可是你小時候應該也有一些夢想吧？不介意的話就告訴我。」

她抬起頭，迫切地盯著我看。水潤顫動的眼睛在夕陽照出的陰影中，彷彿是兩顆行星。

我大概是被她的視線震懾住，說溜了嘴。

「是沒錯，以前的確有過一段時期，我想做太空相關的職業。」

「太空相關？」

「我家附近住了個ＪＡＸＡ的員工。我從以前就經常問這個人很多有關太空啦、火箭之類的事。然後，我寫在小學畢業紀念冊上的就是『太空人』。」

「是這樣啊。」

「聽了會笑吧？那時候，朋友寫了要當飛行員，我是太空人，也有人寫要當內閣總理大臣。大家都好幼稚啊。」

「你不朝這個目標走嗎？」

「咦？」

「當太空人，不是你的夢想嗎？」

「別說這種小孩子說的話，我們都是高中生了。」

我的語氣忍不住變得粗魯。我不希望有人隨隨便便講出要人去當太空人這種話。我不知道為什麼。

「可是啊——我是知道很難啦，但也不用放棄吧？該怎麼說？我們還是高中生，而且平野你腦筋又很好。」

「喂喂喂。」我有點傻眼地攤開雙手。「妳要知道，太空人可是號稱全世界最難當上的職業耶。全日本只有十個出頭，比當過內閣總理大臣的人數還少耶。」

「你為什麼認定辦不到？」

「辦不到就是辦不到吧？而且要是我把目標放在當上太空人，到時候當不上，那要怎麼辦？拚命努力過，努力卻沒辦法挪去做其他任何職業，CP值也太差了吧。」

「不是啦，平野。」伊萬里直視著我說：「夢想不是這種東西啦。不是因為覺得當得上才拿來當作夢想，也不可以因為感覺當不上就放棄。雖然我連爸媽都說服不了，也沒資格講別人就是了。」

「可是，如果當不上，將來會遇到困難吧。」

「話是這麼說沒錯啦……可是人生就只有一次，要是從一開始就放棄，那不是很沒意思嗎？」

「喂喂喂。」

我忍不住吐槽。

我心想她果然還是個孩子。不愧是想進時裝設計師這種光鮮亮麗世界的人，伊萬里從以前就有種愛作夢的特質。她只是湊巧有才能才成功，想法卻還很幼稚，是個沒出過社會的高中生。

「妳等我一下。」

我打開書包拿出一本筆記本，用鋼珠筆在上面迅速地畫出圖。

①夢想實現的人生＞②正常就業的人生＞③夢想沒實現的人生

「以妳的情形來說，是只拿①跟②來比才會是妳說的那樣。可是我告訴妳，實際上大多數人都會去到③。努力了半天，到頭來全都只會走到人生的最低谷。這樣ＣＰ值也太差了吧。」

「嗯～～」

伊萬里的視線落到筆記本上，歪了歪頭，顯得不太認同。

「可是啊，一旦放棄夢想，人生不就會變得很沒意思？」

「會嗎？夢想這種東西只是年輕的時候嚮往，等年紀大了就會忘記啦。比起這種事，到了老年才發現找不到工作，那才糟糕吧。」

「這的確是很糟糕啦。」

「沒錯吧？」

我徵求她的同意，但她的頭更歪了。她的金髮被夕陽照得泛紅，順著分岔的頭髮發出纖細的光輝。

「該怎麼說，平野，我覺得這張圖不對。」

「啥？」

「因為這上面不就只寫了『結果』嗎？」

「結果？」

「跟你說，我覺得是這樣。」

伊萬里說到這裡，伸手要我借她筆。我交出筆，她就在筆記本空白處加上了幾筆。

①追逐夢想的人生∨②放棄夢想的人生

「不就是這樣嗎？我認為就算結果不好，還是①的人生比較有價值。」

「慢著慢著。」

我從伊萬里手上一把搶過筆，把不等號塗改成「∧」。

「這①的人生非常悲慘耶。努力了那麼久，拚到最後，卻連一個像樣的工作都找不到耶。」

「可是，你不覺得從一開始就放棄夢想會更難受嗎？全力嘗試過還不行的話，那也沒辦法，但如果試都不試就放棄，我覺得一輩子都會後悔。」

「這是不惜放棄應屆畢業門票也要做的事情嗎？」

「對有些人來說大概是吧？」

「明明知道百分之九十九行不通？」

「可是一旦放棄，比賽不就結束了？」

伊萬里說得非常乾脆。她的語氣沒有迷惘，更讓我覺得困窘。這是為什麼呢？

「人生很長啊。像這樣只憑著年輕時的衝動脫離正軌，到了中年才後悔的傢伙，可是有一大堆啊。」

「可是，放棄年輕時的夢想，事後才後悔的人不也挺多的？」

「也許吧。可是如果同樣要後悔，有穩定的將來總是比較好吧？」

「是嗎？」伊萬里不退讓。「我覺得人生很短。你想想，現在我們不是十七歲嗎？用平均壽命來算，已經有五分之一結束了吧？不趁能做的時候把想做的事情做一做，難道不會等人生都結束了才後悔？」

「年輕的時候這樣也行啦，但退休後要怎麼辦？要是存款和年金太少，老了以後可是很悲慘的耶。」

「錢的確很重要，但問題應該是要拿錢來做什麼吧？不惜放棄夢想也要存錢，不覺得沒有意義嗎？」

「妳這麼想就笨啦，夢想這種東西，年紀大了就會忘記，但如果老了卻沒有存款，人生就會走不下去。剛才我也說過，夢想差不多有百分之九十九都不會實現。也就是說，老大不小還追逐夢想的傢伙，有百分之九十九人生都會走不下去。照常理推想，不就是這樣嗎？」

「嗯～～……百分之九十九、百分之九十九啊……」

伊萬里用力搔了搔金髮，仰望天空一會兒。滿天晚霞將她的臉照成橘紅色，看上去倒也像是身後有光。

「我說啊，平野，我覺得事情的確就跟你說的一樣。不管是運動選手還是漫畫家，夢想這種東西，通常有百分之九十九，某些情形下可能甚至有百分之九十九・九九不會實現。可是啊，我會覺得這比『相反』要好。」

「相反？」

「對我來說啊，一旦放棄夢想，那就成了『百分之百』會後悔的人生。等長大成人，找到工作，有了一定的收入，有興趣的事情也玩過一些，然後建立一個幸福的家庭，年紀慢慢變大，度過幸福的退休生活——就算想到這裡，我覺得臨死之際躺在醫院病床上，還是會這麼想：我那時候為什麼會放棄夢想呢？我真笨。」

「…………」

我一瞬間答不出話來，因為伊萬里的眼神實在太直率，太強而有力。

「所以啊，會變成這樣。」

伊萬里在筆記本上補上了「機率」。

①追逐夢想的人生（99％會後悔）＞②放棄夢想的人生（100％會後悔）

「妳不覺得這個幾乎都只會後悔？」

「啊哈哈，你說得對。」伊萬里笑得實在太開朗。「不過對我來說，現在這個才是現實。雖然我也不知道等夢想破碎，我成了大嬸，自己會怎麼想就是了。」

「妳會後悔的。」

「就算這樣也無所謂。」

「也許比百分之一還低。」

「嗯，也許。實際上可能是〇．一或〇．〇一左右。」

「那當成人生規劃就不實際了吧。」

「嗯～～可是啊……」

她歪頭思索，語氣卻充滿確信。

「實際上就是有人在當時裝設計師，這不就表示在這個地球上，肯定有人已經實現了夢想嗎?所以這絕對不是零。」

這時少女的金髮就像皇冠似的，被夕陽照得閃閃發光。

「所有夢想，對某些人來說就是現實。」

她的眼神實在太直率，讓我莫名說不出話來。

我說的才對。這樣的想法儼然存在於我心中，但相對地，伊萬里寫在筆記上的「100%會後悔」這幾個字看起來硬是充滿了力道。一條絕對會後悔的路，和一條有著一線希望的路，對伊萬里而言的選擇就是這樣。①和②只差了百分之一，但這百分之一對她而言大概就是最重要的成分吧。

過了一會兒，我們有點彆扭地默默對看，一陣風吹過。伊萬里打了個冷顫，重開了話頭。

「不好意思，好像都是我在講。」

「不會，無所謂。妳說的話也有道理。」

我嘴上這麼說，卻一點也不認為自己的想法有錯。伊萬里湊巧有才能，湊巧有著很強的決斷力與覺悟讓她持續追逐夢想。這只表示她就是這麼「特別」的人，包括我在內，壓倒性大多數的凡人都沒有足以實現夢想的運氣或才能。她是屬於被選上的那「百分之一」的人。

「找你說了這些話，讓我輕鬆了點。我說得很囂張，但其實很不安。可是，跟你說完，我還是懂了。我還是要追逐夢想。」

「嗯、嗯……這樣很好，因為妳有才能。」

「是、是嗎？但願是這樣。」

「妳有的。」

我一這麼斷定，她就紅了臉，喃喃說道：「……謝謝你。」

沒錯，伊萬里有才能，將來會變成有名的設計師——「所以」她是對的。

「抱歉，耽誤你的時間。」

「不會，不要緊。」

「啊，今天的事，對笨蛋涼介絕對要保密喔。」

「我知道。」

「那我差不多該走了，得趁天黑前找好今天過夜的地方才行。」

她輕拍幾下裙子，伸著懶腰這麼說。

「妳不回家嗎？」

「開玩笑，誰要回那臭老太婆的家？我會再找朋友家過夜。」

「明天妳會來嗎？」

「應該會。好歹是模擬考，要是不去考，大概又會吵架。」

「是嗎？那我們明天見啦。」

我一邊回答一邊想起明天是模擬考。坦白說，我根本不在乎自己的考試，所以經常忘記。

伊萬里在公園出口揮手，我也揮手回應。我們道別後，少女的身影漸漸消失。大概是在和今晚要去寄宿的對象交涉，手上握著粉紅色的智慧型手機。

「夢想嗎……」

追逐夢想。乍看之下很帥氣，但在這條路上等著的卻是百分之九十九，又或者是更高機率的身敗名裂。即使不至於丟了性命，卻是一條找不到什麼像樣工作的路。悲慘的老年，CP值差勁透頂的人生。

就在這個時候。

忽然間，毫無預兆。

「唔……」

一陣抽痛，讓我忍不住按住右眼。就像眼球底下的腫起物突然發作，產生一種這輩子不曾有過的劇痛。

過了一會兒，我覺得手上有股黏黏滑滑的感覺，往下一看。滴落到地上的液體有鐵鏽味，呈深紅色——

血淚。

這、這什麼玩意兒……？

下一瞬間。

「啊……！」有東西從腦海中掠過。眼皮底下竄過閃光燈似的光，就像朝我直逼而來的流星，這陣光籠罩並貫穿我全身而去。

這個感覺……！

我不可能會忘記。酷似我「Space Write」時回顧自己一生的那種體驗。

於是我想起來了。「好歹是模擬考，要是不去考，大概又會吵架。」模擬考前一天。「開玩笑，誰要回那臭老太婆的家？」和母親吵架當天。「我會再找朋友家過夜。」說好要去朋友家過夜的那一天——

「啊啊啊……！」

我一個人發出叫聲，跑了起來。穿過伊萬里走過的公園出口，跑去追她。

——沒錯！

我彎過轉角，跑在小巷中，穿出後跑向車站。差點撞到行人，但我一邊閃避一邊繼續飛奔。

——我為什麼都忘了……！

高中二年級；暑期講習；模擬考；前一天。

那一天，盛田伊萬里也跟家人吵架。她和母親為了生涯規劃的事吵架，奪門而出，前往站前。一隻手拿著手機，連續打很多通電話給有可能收留她過夜的朋友，心不在焉地走向站前的大馬路。途中她——

我用跑的。已經不知道上次全力奔跑是什麼時候了。我的手機從剛剛就一直在撥打，但只傳來通話中的語音，始終打不通。

「唔……」

拜託要趕上啊……！

彎過轉角，來到大馬路上。離車站的路途還剩一點。

「呼、呼、呼……！」

我喘著大氣，詛咒沒參加社團的自己體力太差，但我不能停下腳步。唔，啊，呼！

我跑得呼吸紊亂，好不容易來到站前的路上。

——找到了！

我找到這名註冊商標就是頭上綁高的金髮，身材也很修長的少女。

「伊萬里……！」

我大聲呼喊，但她沒察覺。她耳朵貼在手機上，一邊講電話一邊接近「現場」。從路口冒出一輛箱型車。這輛車逆向行駛，開車的是一名八十幾歲的高齡男性，周遭的人們都要求他別再開車，這起不幸的意外就是在這樣的情勢下發生——以前看過的電視新聞報導在我腦海中高速竄過。

「伊萬里——！」

我吶喊著奔跑，她踏上行人穿越道，箱型車的喇叭聲撕裂空氣。她抬起頭，面對大燈而嚇得呆住，手機脫手落地。要趕上，趕不上，拜託讓我趕上——

「唔啊啊啊啊！」

我以飛撲滑壘似的動作朝她衝了過去。箱型車開近，我感受著風壓，手已經勉強搆到，煞車聲震耳欲聾，我整個人蓋到她身上——

——啊！

這個時候，一道雷光從我腦海中竄過。許多景象驚濤駭浪般從腦中穿過。意外——逆向行駛——伊萬里——涼介——復健——生涯規劃——留學——然後——

「呀啊！」

她尖叫的同時，我把她整個人往後拉，倒到路面上。輪胎從我們身旁過去，緊急煞車後停下。四周大肆喧鬧起來。

「伊萬里……！」

我大聲呼喊。結果她驚魂未定地發出「唔、啊、唔……」幾聲，但仍看向我。

「妳有沒有受傷？」我急忙起身，查看她的情形。她幾乎是衝向身旁的道路護欄，躺在地上不動。

「啊、嗯、嗯……」

她似乎還很激動，眼睛眨個不停，回答我：「我、我沒事……」看來除了腳破皮，沒有其他明顯的外傷，讓我暫且放下了心。

「平野，腳……！」

「噢，這沒什麼大不了。」

我看了看破皮的膝蓋。雖然衣服弄破，滲出了血，但這不是什麼大不了的傷。和她失去一隻腳相比。

「來，抓好。」

「啊、嗯……」

她的臉還有點紅，抓住了我的手。

落地的手機，粉紅色碎片散落得像花瓣一樣，躺在道路另一頭。

9

「伊萬里……！」

我在醫院走廊等待，結果看到一名中年女性衝進病房。

「等等，媽媽！妳太誇張了啦！就跟妳說只是腳擦傷！」

伊萬里顯得有些不知所措，在病床上被母親緊緊抱住。即使才剛那麼激烈地吵過一架，但看到母親因為女兒平安，喜極而泣的模樣，就對她們兩人果然是母女的這理所當然的事實覺得心有戚戚焉。

——回家吧。

我拖著傷口已經請醫師處理過的腳慢慢站起，走在走廊上。

說巧不巧，救護車送我們來到的正好是涼介父親服務的醫院。距離車站很近的醫院也不是那麼多間，所以這件事本身並沒有什麼不可思議，但我卻覺得其中有著某種命運的密語。

我確實成功救了盛田伊萬里。

成功防止她失去一隻腳。這很好。

——只是……

我從汽車輪下救了她的瞬間，腦中竄過一種像是重回記憶的現象。那是有關這場車禍堪稱「真正歷史」的真相，也是我直到剛剛都還想不起來的記憶。

——我改變了。

我知道的「真正的歷史」裡，盛田伊萬里出了車禍。她右腳複雜性骨折，恢復情形也不理想，再也無法不靠枴杖行走。

可是，還不只是這樣。

伊萬里發生車禍，不良於行之後，在醫院拚命復健。看到這樣的她，一名少年深受感動，從此開始認真準備報考以往只是有點想考的醫學院。而少年也開始幫忙伊萬里復健，兩人在這樣的過程中加深了感情，開始交往——這個少年名叫山科涼介。

——可是……

伊萬里今天並未發生車禍，所以她的腳並未受傷，當然也並未住院。結果，涼介沒來探望她，他們兩人不會交往。

連結他們倆的命運絲線，在我把她從箱型車前推開的那一瞬間就改變了。說起來，他們倆的命運路線，就是在那個時間點「分歧」了。

——我是不是做出了不可挽回的事情……

當我為了這些而苦惱，正要走出醫院大門時。

「平野……！」

回頭一看，一名弄亂了頭髮的少女喘著大氣。平常在頭上綁得高高的金髮也直接披在肩上，有點她長大成人後的影子。

「喂，妳這樣跑沒關係嗎？」

我看著她的腳問起。她右腳纏著繃帶，從膝蓋到小腿肚都包得像木乃伊一樣，睡衣褲管往上捲到大腿高度。

「啊，嗯，不要緊不要緊。」

伊萬里顯得有點慌張，把捲起的褲管整理好。

「我、我才要問你，你的腳要不要緊？」

「噢，我什麼事都沒有。」

「平野，今天，那個……」

她停頓了一會兒，頗為緊張地說：

「謝、謝謝你。」

「謝什麼？」

「咦？你不是救了我的命嗎？」

「啊，對喔。嗯，不客氣。」

我做出有點狀況外的回答。

我完全不認為自己救了她的命，反而覺得是我讓她的性命暴露在危險邊緣，很過意不去，所以突如其來的道謝讓我不知所措。

「……對了，我差點忘了。」

我為了改變話題，從口袋裡拿出一支智慧型手機。那是從車禍現場撿回來的伊萬里的手機，現在畫面已經冒出蜘蛛網狀的裂痕，邊角部分也缺了一大塊。

「妳啊，差點就因為走路滑手機死掉啦。」

「對不起。」

伊萬里乖乖道歉，接下手機，然後說著：「哎呀～看來是不行了。」打開電源。過了一會兒，畫面亮起。看來只是螢幕裂開，裡面的系統奇蹟般地沒事。

「對了，車禍快發生的時候啊……」

「嗯？」

「發生了有點奇怪的事情。」

「奇怪的事情？」

伊萬里點點頭，然後歪著頭說：

「汽車開來的瞬間，我有種世界整個停住的感覺……你也知道，電視劇不就常常這樣演嗎？臨死之際，時間會動得很慢，變得像走馬燈那樣。」

「噢，的確有啊。」

我聽說過人面臨生命危險時會分泌各種腦內物質，讓人有這樣的感覺。

「可是啊，我還是覺得……不太對勁。」她皺起眉頭，顯得無法接受。「總覺得，我也不太會形容……但就是好鮮明。雖然我也不知道是箱型車的大燈還是路燈映入眼簾，好像有些像是『光箭』的東西穿透身體。然後，我小時候的記憶，像是國小和國中時代，就像看快轉的影片一樣，一口氣重新回去這些記憶裡。」

「重回記憶……」

我掩飾不住震驚，茫然看著伊萬里的臉。她所說的內容，和我曾經有過的體驗非常類似。

Space Write。

——不，這太離譜了，不可能。Space Writer放在銀河莊，而且跟伊萬里沒有任何關連。

我正如此拚命揮開懸念，結果……

「會不會果然是這玩意兒害的？」

她看著手機喃喃說道。

「這個……？」

「視網膜APP。」

——視網膜？

這個字眼慢慢透進我心中。

「這、這是什麼？」

「呃，你也知道，那叫什麼來著？就像是手機的鎖，或者說安全系統？就是那個東西的視網膜版。」

「跟虹膜認證不一樣嗎？」

「咦？虹膜？」

「用眼睛虹膜認證的安全技術不是已經實用化了嗎？可是視網膜的話，是不是很少聽到啊？」

「這我也不太清楚……不是差不多嗎？」

伊萬里似乎聽不太懂我說的話，歪頭思索。

「抱歉，伊萬里，妳說的那個……『視網膜ＡＰＰ』，可以弄給我看嗎？」

「咦？嗯，是可以。可是畫面都裂了喔。」

伊萬里把手機舉到自己面前。

——這一說我才想起，先前涼介也做過類似的動作啊……

我想起玩伊萬里的智慧型手機的損友的臉，當時解鎖失敗。

從旁看向畫面，上面顯示出「請進行視網膜認證」的文字，畫面正中央還有一個像是圓形視窗的東西。透過裂開的畫面看不清楚，但上面映出了伊萬里長長的睫毛與眼睛，手機的前攝影機亮起。

——啊！

我對這個光景並不陌生。藍色的光線由下往上掃描視網膜的光景。這的確和我來這個世界時所用的「那個裝置」一模一樣。

「這個，從前陣子就挺流行的耶。呃——」

下一句話在我心中掀起了更多漣漪。

「只要Google一下『Jupiter公司』，馬上就會列出ＡＰＰ商店。」

第四章　Europa

1

之後好幾天，我一邊上衝刺班一邊調查「視網膜ＡＰＰ」。

Jupiter股份有限公司所提供的生物認證ＡＰＰ。這款ＡＰＰ還是開放測試版，廣徵測試人員。當測試人員的報酬，就是Jupiter公司所提供的ＡＰＰ幾乎都會變成免費，所以以年輕人為主，已經變得相當普及。尤其一款叫作「ＦＩＮＥ」的社群軟體上可以使用的「貼圖」大受歡迎，因為想要貼圖而自願當視網膜ＡＰＰ開放測試版測試人員的人就急速增加。

——掃描視網膜的ＡＰＰ，加上公司名稱叫作Jupiter，是嗎……

Jupiter公司是在短短兩年前創立。總公司位於中野區，執行董事欄位上記載的是「六星衛一」這個藝名似的名字。

——是巧合。

視網膜掃描本身並不是那麼稀奇的東西。聽說每個人視網膜內的血管分布都是獨一無二，比指紋更能顯現出不同的個性。已經有許多國家或企業為了保持機密而採用視網膜認證，現在這些技術也只是應用在電子產品上，所以並不值得驚訝。

然而……

現在我所在的二〇一七年當下，與視網膜認證似是而非的「虹膜認證」智慧型手機確實存在。但這種手機還號稱世界創舉，才剛上市，利用人類的「眼睛」解開手機鎖的設計還很難說是已經普及。最重要的是，在我曾經待過的二〇二五年未來，還沒有視網膜認證的手機存在——至少在日本還不曾聽過。

我放眼往教室內看去，看到有高中女生躲過講師的目光，偷偷在用手機。她把右眼湊近手機，隨即有藍光掃過，解除了「視網膜ＡＰＰ」的鎖。這幾天來，不管教室裡還是街上，到處都看到有人做出這樣的動作。看來網路上說這技術正爆炸性地普及的消息屬實。

——總覺得，不對勁……

這個感覺往我的背脊吹來一股寒風。有種腳下開始搖動、崩塌似的生理上就很排斥的感覺。

教室裡，高中女生們把手機拿到眼睛前面掃描「視網膜」。每個人都不抱任何疑問，讓這來歷不明的光窺看自己的眼睛。

不一樣。這個世界不一樣。

和我知道的過去相比，雖然幅度很小，但確實——岔開了。

○

『天文台？』

對講機傳來狐疑的問話聲。

我捏緊兩張門票，拚命地持續說服。

「妳也知道，就是去年翻新過的天文台的門票，還展示了隕石跟月砂之類的。星乃，妳不是很喜歡這些嗎？」

『就算我喜歡，我為什麼就非得跟你去不可？』

「怎樣啦？妳不是很喜歡這樣的東西嗎？妳想想，難得我有免費門票。」

『反正都是跟那女人要來的吧？那我就更要拒絕。』

「妳說的那女人是指真理亞伯母？妳為什麼這麼討厭她？她不是妳的監護人嗎？」

『之前我也說過吧？那女人才不是什麼監護人，根本是個狐狸精。』

「狐狸精？真理亞伯母是狐狸精？這話是什麼意思？」

『啊……』

星乃一瞬間發出像是後悔說溜嘴的聲音，然後說聲「我什麼都沒說」就結束對話。

「喂，星乃，妳別裝傻。」

『我沒裝傻，而且這本來就跟你無關。還有——』

她一如往常，用這句話結束對話。

『不要叫我星乃。』

對講機「木星」再度嘟的一聲閉上了嘴。「啊，喂？星乃？星乃？」我繼續呼叫，但一度沉默的對講機不再發出說話聲。

——不行嗎……

我把從真理亞家要來的門票捏皺，塞進口袋。這樣算來到底是幾連敗啦？我連數都不想數。

虧我還以為這招絕對行得通……

之前我邀星乃來這天文台時，她就非常高興，在館內也玩得非常開心，所以我才會覺得這招鐵定行得通，但結果卻很悽慘。

我失去了王牌，意志消沉地拖著身體走下公寓的樓梯。鏗、叩、鏗、叩——金屬鏽蝕的樓梯發出奇怪的聲響。

這段時間，我把想得到的所有方法都試過了。

例如，星乃喜歡的博物館、展覽、演講活動、餐廳、書籍、漫畫、玩具、郵購產品……我動員了所有能動員的東西，試圖引起她的注意，但全都落空，找不到頭緒，最近連她的面都見不到。對話的時間一天比一天短，會被她完全無視的日子也不遠了。

──到底是少了什麼？

從我開始進攻以來，這個疑問就一直支配著我。要如何才能和星乃要好？換個說法，當時十七歲的我，是如何和星乃熟起來的？

──我想不起來。

並不是所有記憶都缺損了。星乃的興趣、嗜好、個性、口頭禪，大部分的事情我都記得。偏偏只有最關鍵的事──我認識她後，是什麼促使我們開始親暱地交談？就只有這件事像是被撕下的一頁，空在那兒。

總覺得不對勁，果然有事物岔開了。遺忘了某件非常重要的事──

「唔……」

右眼竄過一陣刺痛。

又來了。又是「這個」。

血淚。

視野錯開，像是沒對到焦的相機，影像分成兩層，被深紅色的血染紅後，伴隨著一陣陣的刺痛，讓我十分焦慮。

之後我去了好幾次醫院，也轉過很多眼科看診。但不管做什麼樣的檢查，得到的回答都是：「不知道原因。」

「說是結膜炎……又不對，真的不知道為什麼會出這麼多血。就是找不到有病變的患部啊……」

我想起了醫師用特殊顯微鏡診察時，說得十分狐疑的表情。不管去哪個眼科看診，最後都是敷衍的一句「有什麼狀況請再跟我聯絡」，就把我打發回家。實際上，只要擦掉血，洗把臉，右眼就恢復原狀，彷彿什麼都沒發生過，不會痛也不會不舒服，沒有充血的跡象。這種來無影去無蹤的現象，從第一次出血以後就一直反覆發生。

我的眼睛沒有什麼宿疾，也不曾碰撞過。

原因不明的血淚。

唯一想得到的，就是那段文章。

【「Space Write」的副作用……頭痛、暈眩、嘔吐、幻覺、視覺障礙、記憶障礙、對腦神經造成不可逆的破壞、休克死亡。】

掃描視網膜的「Space Writer」。我的「血淚」說不定就是它造成的副作用。

掃描視網膜的「ＡＰＰ」。伊萬里的「重回記憶」說不定就是它的副作用。

總覺得好像一切都連在一起，卻又完全看不出這些東西之間的關連。就像在不牢固的地基上再堆上一層不牢固的地基，謎上加謎的屋上屋。

——到底發生了什麼事……？

2

「大哥哥～～這邊這邊！」

一來到車站，面容稚氣的少女就精力充沛地朝我揮手。

我遵守之前的約定，今天和葉月一起去看美術展。我們去的是「月見野美術大學星空藝術家展」，聽說是收集了「星空」繪畫的美術展。

「真理亞伯母不來嗎？這展覽，ＪＡＸＡ不也是後援團體之一？」

「媽媽說『大ＩＳＳ展』那邊要忙。還說今天是最後一天，所以要致詞。」

「啊～～到處都有人要找她參加那種場合。」

「而且約會怎麼可以帶上媽媽呢？」

「這是約會嗎？」

「是約會。」

我牽著幼小葉月的手，在附近的公園肩負起顧小孩的任務，實在沒有這種感覺。而且葉月直到去年都還是小學生。

其實現在根本不是做這種事情的時候。星乃就不用說了，還有像是「視網膜ＡＰＰ」還有「血淚」等非得想辦法處理不可的問題堆積如山。只是一旦違背跟葉月的約定，事後就會延燒很久，而且我也的確想透透氣。

我們搭乘下行電車，搭了兩站後下車。

從站前走了十分鐘左右，來到門面頗有風情的校園後，看似報到櫃臺的地方已經排了隊伍。我們拿出門票，先從多半比較不用排隊的常設展區看起。

「喂，不要貼這麼緊，很不好走耶。」

「我來的目的就是這個啊。」

「是這樣嗎……」

葉月很乾脆地丟下這句話，嘻嘻笑了幾聲，整個人抱住我的手臂。總覺得很難為情，但館內很多人都看畫看得出神，也不至於被別人以異樣眼光看待。

我們三十分鐘左右就看完常設展區，正要走向特別展區的時候。

「啊……」

我在一幅畫前停下腳步。

這幅畫沒什麼特別，尺寸也比周圍其他作品小了些。然而，上面畫的東西卻讓我看得目不轉睛。

看似宇宙空間的暗色背景下，有如星座般浮現出一個方形。一眼就看出那是ISS——國際太空站，然後還有個用雙手捧著ISS，有點女性化的輪廓。她捧在胸前的小星星令人聯想到生命的光輝。構圖中有溫暖，卻又讓人心酸，很不可思議。

標題也一針見血。

「SPACE BABY」。

「……大哥哥？」

聽到葉月叫我，我才回過神來。

我整個人呆立不動，就好像意識被畫吸了進去。

「啊，沒有，沒事。」

我被她牽著走，離開原地。

朝製作者的名牌一看，上面簽了「伊歐」這個名字。

「咦……？」

看完展，我們在博物館販賣處閒晃的時候。

我發現一名佇立在畫集區的少女。她頭上有著高高綁起的金髮，穿著一件寬鬆的薄毛線衫。

「——伊萬里？」

我這麼一叫，她就應了「什麼？」回過頭來，然後看到我的臉，瞪大了眼睛。

「平……平野？」

她忍不住大聲叫出來，然後才趕緊摀住嘴。周遭客人一瞬間都看了過來，但這種狀態很快就解除了。

站在那兒的就是盛田伊萬里。她把先前拿在手上的畫集放回去，有點慌張地摸摸頭髮，檢查自己的服裝。總之大顯動搖。

——我讓她嚇了這麼大一跳嗎？

「平野，你怎麼會在這裡？」

「呃～～朋友有門票。美術展的票。」

「唔、哦～～這樣啊？」

「妳的腳已經不要緊了嗎？」

「嗯，不要緊。」她在原地跳了幾下。「醫師說已經可以正常蹦蹦跳跳了。」

「那太好了。今天妳怎麼會來？」

「這個嘛——」

她的臉還很紅，說話速度很快。

「我們上次不是聊過生涯規劃的事情嗎？這裡的畢業生當中，就有人是業界知名的設計師，跟這次的美術展也有合作。所以我就想說來看看能不能當個參考。」

「這樣啊……」我對她的行動力覺得佩服。「伊萬里還這麼年輕，卻好厲害啊。」

「你是在跩什麼？你明明就跟我同年吧？」

她輕輕戳了戳我的手臂。她的表情看起來很開心，很充實。

——這是為什麼呢？

伊萬里有夢想。可是這個夢想在現階段應該難度很高。時裝設計師這種光鮮亮麗的職業，連不太清楚的我也知道競爭非常劇烈。那實實在在是個「百分之九十九」無法實現的夢想。可是她就像那天傍晚我們在公園裡聊的時候一樣，說得毫不猶豫。

「後來我跟爸媽又談了一次生涯規劃的事情。結果，事情變得有點奇怪。」

「奇怪？」

「我是不知道這是發生了什麼事，但眼前他們都不再劈頭就直說不行了。總覺得在他們腦袋裡，好像把我發生車禍解釋成是因為針對生涯規劃的事情罵太凶了。」

「啊～～」

這我多少可以理解。大概就是覺得要是這個正值青春年華的女兒又離家出走，他們也會很為難吧。

「所以啊，最近態度也漸漸不一樣了，還會幫我找有關的小冊子或是對這方面比較清楚的朋友，還挺願意協助的。還說『媽媽也會幫忙找，妳也要多收集情報』。」

「是喔？」

「她態度突然改變，讓我嚇了一跳。聽說媽媽年輕的時候也曾經在服飾店工作過，還說下次會幫我問問朋友。」

「真是太好了啊。」

「不過爸爸還是反對，所以也不知道會變成怎樣啦。」

我答話之餘，先前的議論還在腦子裡打轉。

追逐夢想的人生；放棄夢想的人生。伊萬里選擇前者，我推薦後者。明明應該是我的論調比較實際，但對伊萬里不管用。

另外還有一個懸念。

設計師這條出路很好，畢竟這是伊萬里的夢想，我也希望她務必要實現。因為她在未來的成功是已經可以保證的。可是，我救了伊萬里免於車禍，因此把她會和涼介結婚的未來都改變了。

——這樣，真的好嗎？

不知不覺間，伊萬里一直看著我。我察覺她的視線，問說：「怎麼了？」她就「啊……」的一聲開口，唇膏擦得水潤的嘴唇間嘟囔了幾聲。

「總覺得，平野你好像變了。」

「變了？」

「也不是說變了，也許只是我之前都沒發現啦……我本來以為你是個酷酷的，更不會干涉別人的人，是那種不管什麼事都保守地做完，不會因為太熱情而搞砸的類型。」

「也是啦，也許我算是挺沒熱忱的。」

「可是，上次就不一樣。」她的臉上多了些火熱。「那時候的你總讓我覺得好厲害。大聲喊我，捨命衝過來，感覺一點都不像平常的你，讓我嚇了一跳。」

「沒有啦，那是……就是很拚命。不好意思嚇到妳了。」

「不會，沒關係。因為啊——」她說到這裡，若無其事地說了下去。

「那個時候的平野你好帥。」

「咦？」我不由得看了她一眼。

她說完後，和我視線相對，「嗯？」的一聲歪過頭，然後才總算發現自己說了什麼話似的臉迅速轉紅。

「啊、啊，我沒有別的意思喔，你可不要誤會啊。」

就在這個時候。

「啊～～～！」

背後傳來一聲突兀的叫聲。回頭一看，那兒站著一名連身裙有高雅刺繡的少女。

「大、大哥哥，你在做什麼？」

葉月絲毫不在意旁人的目光，大聲說著走向我們。「咦？咦？」伊萬里的視線在我和葉月之間來來去去。

「一下子沒看到，大哥哥就會跑掉。」

葉月雙手抓住我的右臂，把我拉到她身旁。然後冷眼看向伊萬里，不高興地問：

「這女的是誰？」

「是我的同班同學盛田。剛才我們碰巧遇見。」

「同班？哦～～……」葉月狐疑地盯著伊萬里看。

「我是大哥哥的『未婚妻』惑井葉月。」

她一邊打招呼一邊強調「未婚妻」三字。

「未婚妻？」伊萬里瞪大了眼睛。「等等，平野，這是怎麼回事？」

「別當真，只是她自己在講。」

「大哥哥好過分！我們明明約好的！」

「小一的時候就是了。」

「什麼嘛……是這麼回事啊。」伊萬里露出鬆一口氣的表情。

「葉月住在附近，我們從小就認識。以前我們就常常一起玩，今天我也是負責顧小孩。」

「才不是顧小孩，是約會。」

「原來如此，所以才會有小學生跑來美術大學啊。」

「是國中生！」

「哎呀，對不起，妳太小不點，我才會弄錯。」

「妳給我等一下，大哥哥，這個個性很差的大奶太妹是怎樣？」

「誰是大奶太妹！平野，這小孩是怎樣？我超火大的。」

伊萬里的大胸部晃來晃去，對我抗議。一瞬間，可以看到葉月按住自己的胸部，露出懊惱的表情。

「慢著慢著，妳們兩個都先冷靜點。」

兩名少女彷彿隨時都會扭打在一起，我趕緊攔在她們之間。為什麼氣氛會這麼一觸即發？

「我們走吧，大哥哥。」

「也對，我肚子也餓了，我們三個人一起去吃個飯吧。」

「咦？」「咦？」

兩名少女同時發出顯得意外的驚呼。

「……嗯？」

我說了什麼奇怪的話嗎？

伊萬里得意一笑，葉月的臉皺成般若的表情。

3

「平野，剛才的店好好吃耶。」

「算是還不錯吧。」

「你對繪畫有興趣嗎？今天也跑來看美術展。」

「這個嘛，與其說繪畫，算是喜歡星空吧。」

「啊，之前你就說過喜歡太空嘛。」

「沒錯。像星星啦、火箭，我基本上都喜歡。」

我們兩人並肩走著，天南地北地聊。

「這樣啊。原來平野喜歡這樣的東西啊……」伊萬里大感興趣似的點點頭。而且我們今天距離很近，從剛剛我們的肩膀就互碰了好幾次。

結果……

「大哥哥啊～～最喜歡太空的話題了耶。還有，從小他就常常跟我去觀測天文，就我們兩個。」

少女介入我和伊萬里之間。

「喂，是我在跟平野講話耶。」

「今天是我跟大哥哥約會耶。」

兩人對瞪，視線幾乎要擦出火花。

——這是怎樣？

從剛剛就一直這樣，有時葉月介入，有時伊萬里搶回去，展開一場房車賽似的排名爭奪戰。

這樣的對抗持續了一會兒後。

「唉～～難得的約會都被搞砸了。」葉月發起牢騷。

「早知道會這樣，就應該去看『大ＩＳＳ展』耶。那邊已經是最後一天，而且也不會遇到太妹……」

——咦？

葉月不經意說出的這句話讓我停下了腳步。

大ＩＳＳ展，最後一天。這些字眼在我腦海中——不，是從我眼皮底下，喚醒了某些記憶。

「平野！」伊萬里大喊。「右、右眼！」

「右眼？」

我摸向右眼，摸到一些黏滑的東西。有種紅色的液體附著在手掌上。

血淚。

這一瞬間，「光」從我眼皮下竄過。子彈般的粒子就像快轉的走馬燈，接近我、穿透我，再紛紛遠去。就像玻璃碎片上反射出來的世界，又或者像積水映出的藍天，許多回憶的片段化為雜亂的幻燈片秀播放出來。大ＩＳＳ展——最後一天——父母的回憶——賭命的出遠門——偶然的邂逅——太空人——彌彥留一——天野河詩緒梨——

「葉月……！妳手上，有門票嗎！」

「咦？」

「ＩＳＳ的票，有帶在身上嗎！」

「啊，嗯，我是有放在包包裡……」

「借我！」

我用力抓住葉月的雙肩，她就不知所措地遞出門票給我說：「就、就是這個……大哥哥？」

「抱歉！我想起有急事要辦！」

我一轉身，拔腿就跑。「大哥哥！」「平野，等等啊！」我揮開她們兩人的呼喊，一路往前跑。

──為什麼之前我都沒發現！

『大哥哥，聽說是重現ＩＳＳ等比例模型來展示耶！要去看看嗎？』

葉月邀我的時候，其實我本來應該會去大ＩＳＳ展。可是當時我拒絕，選了「星空藝術家展」。因為ＩＳＳ是星乃死去的地方，讓我覺得很忌諱，於是換了個地方。

──一樣。

和伊萬里那時候一樣。我早已知道她會出車禍，忍不住在車禍現場阻止她被車撞。就是因為早已知道會有這場車禍，我才不由自主地改變了自己的行動。不去ＩＳＳ展的判斷也是一樣。就是因為早已知道那裡會成為星乃的葬身之地，我才改變了去處，改變了本來的判斷。

過去已經偏離了軌道，原因就是我。Space Write後的我自己，就是改變了過去，改變了未來，改變了命運的要因。

——十七歲的我今天本來會去的。去看ＩＳＳ展。原因很簡單，因為那時候的我對ＩＳＳ沒有討厭的回憶，因為我不知道將來星乃會死在那兒。

而在展示的最後一天，我湊巧，真的是湊巧，在會場撞見了來看有父母回憶照片的她。她看著父母的照片，然後回過頭來看見我，嚇了一跳，後退時撞裂了相框，手指受了傷。我替她包紮傷口，讓我和她的距離大大縮短。總覺得那是我第一次能夠和她好好溝通。

——就是那個時候。

現在回想起來，那就是我和星乃的命運開始交錯的奇蹟瞬間。

我看看時鐘，已經過了十七點。

大ＩＳＳ展會在十八點結束。從這裡趕到展示會場，搭電車要將近一小時，這樣會來不及。既然這樣，就在站前招計程車吧？這樣也許勉強可以趕上——

拜託，拜託要趕上……！

計程車飆了幾十分鐘。

等我到達展示會場，天色已經快要轉暗。

「對不起，這個……！」

我把門票遞給櫃臺人員。

「那個，最終入場時間已經過了，所以今天……」

「求求你，我有重要的事情，非進去不可！」

「你這麼說我也很為難啊……」

我們爭執起來，警衛覺得有異狀，走了過來。

——不妙，沒時間了！

現在時刻離十八點只剩五分鐘。

只要在這裡等，星乃就會出來……？不對，這樣一定不行。

在那個地方——那個時候，星乃在父母的回憶照片前——哭泣。

那一瞬間她的情緒動盪了。正因為是在那個時間，她才會把我看進眼裡。一旦錯過那一瞬間，我多半就只會被她一如往常地用冰冷視線打發走。我心中有著這樣的確信。找回的記憶頂著我，催我趕快行動。

只有現在，再也不會有這樣的機會了。

「對不起……！」

我強行突破了入口橫桿。「啊，這位客人……！」櫃臺人員大喊。「等等，你慢著！」警衛追了過來。

但我不理會這些。

——星乃……！

我跑了起來。

我在展示即將結束，人影變得稀疏的會場裡，躲開其他客人，按照記憶，無視會場動線，跑最短距離過去。跑向她所在的地方，跑向那照片展示牆前，時刻離十八點還有三十秒、二十秒、十秒、五、四、三、二、一——

然後我抵達了。

琳瑯滿目的照片中，只有這裡有著一張照片裝飾在大大的相框中。

她在。

一個人物站在這個地方。是個身穿白色衣服，戴著帽子，個子嬌小的少女。

「星乃……！」

我呼喊著跑過去。被我叫到名字的少女全身一震，轉過身來。

然而——

「啊……」

這名少女不是星乃。她有著一頭髮尾在肩膀高度捲翹的頭髮，戴著像是畫家會戴的貝雷帽。她的背影跟星乃很像，但從正面一看，就很清楚看出不是同一個人。

「啊，對不起！我弄錯了，我認錯人了！」

「哦～～好巧喔。」

這名少女慧黠地微微一笑。

「咦？」

「是我啊，是我。你不記得了嗎？」

「呃……」

「『怎麼，你忘啦？也沒辦法啦，這種東西就是這樣嘛』。」

「這種東西……？」

「沒錯。」

她嘻嘻一笑，用手指捲著頭髮玩，貓一般的嘴笑起來的模樣和星乃有幾分相似。

「我說你啊——」戴貝雷帽的少女親熱地問我：「喜歡『吃吃log』嗎？」

「啥？吃吃log？」

那是一個為餐飲店打分數的餐飲評價大站。

「那個，很方便吧。」少女不讓我有機會插嘴，說個不停。「『吃吃log』、『美食評論』、『熱報』，全都是我很喜歡的評論站。拿到3．5星以上，就能吃得安心安全，CP值很好。」

她一邊對自己說的話點頭一邊說個不停，不讓我打岔。

「可是這樣就吃不到『自己喜歡的東西』了耶。」

「咦？」我忍不住插嘴。「在吃吃log上有3．5星，就不會踩到地雷了吧？」

——怪了？

我為什麼在反駁這個陌生的少女？我自己也無法理解。少女有著一種獨特的氣場，我就像被這種氣場莫名地捕捉住似的，參與了對話。

「你想想看，味覺的偏好不是因人而異嗎？說來理所當然，如果想找出『自己』最想吃的東西，不就只能『自己』去找店嗎？也許會是一家在『吃吃log』上評價很低的店；搞不好會是附近的套餐店；也說不定繞了一大圈，最後回到媽媽做的味噌湯。」

「話是這麼說沒錯啦……」

我為什麼在應聲？少女的魄力就是讓我無法忽視。感覺就像被她那直視我的視線定了身。

「明明不是親身試過，但看著網路上的評價、分數和排行榜，就覺得自己知道。其實味覺的喜好，自己不實際吃過就不會知道，但大家都完全相信了別人說的話。」

「可是，這樣CP值才最高吧？至少不用踩到地雷。」

「嗯嗯，說得也是。你說得對。吃東西的話是無所謂，講求CP值還是什麼都行。畢竟就算難吃，也只要在『下次』午餐挽回就可以了——可是啊……」

少女的眼睛發出強而有力的光。

「人生，就不一樣了吧。」

「人生？」

「因為人生和午餐不一樣，沒有『下次』啊。只有一次，一次就結束了，就算失敗也不能重選，所以別人的評價或排行榜根本就不重要——所以啊，大地同學……」

——咦？

這女的為什麼知道我的名字？

「『能對你的人生做出評價（Review）的只有你自己』。」

「…………」

「你最好記住。」

——這是什麼意思？

這個發言讓我一時間消化不了。少女留下這樣的我，露出滿面微笑，踩著小跳步離開了。我想去追，但腳莫名地像被釘在地上不動，整個人就像假人一樣僵在那兒，目送貝雷帽彎過轉角。

「啊！」

而我這個糊塗蛋到現在才驚覺不對。

——對了，星乃呢！

我趕緊環顧四周。我的注意力被少女與我之間的對話吸走，意識完全遠離了最關鍵的事。我在搞什麼啊？

我看了看時鐘。但不可思議的是，現在時刻是十八點整，時間完全沒在動。

「咦？」

是時鐘停了？

館內持續播放感人的旋律，聽得見廣播說：『本館即將關閉。』

「星乃……」

我驚愕不已。我搞砸了。來不及。我錯過了這個再也不會有的好機會。是那個少女害的？不對，不是這樣。是我的失誤，我不該到最後一刻才想起。

這個時候，有隻手放到我肩膀上。

「啊……」

回頭一看，是一名我熟知的銀髮女性。

「怎麼啦，大地，原來你跑來這兒啊～～？葉月怎麼啦～～？」

惑井真理亞結束了本日擔任來賓的工作，一雙大眼睛意外似的看著我。

4

我面對銀河莊這棟建築物，呆呆站在原地仰望。

之後過了一週。我和星乃的關係完全沒有進展，最近她連門都不肯開了。

諷刺的是，若說有什麼事進行得順利，反而是模擬考的結果。

我從過去的記憶想起出題範圍，精準猜中題目，勉強取得了能看的分數。考慮到八年的空窗期，算是表現很好。

——你從以前不就是這樣嗎？不管是考試分數還是學校課題，你都很會抓重點，用最低限度的成本過關嘛，像大考的猜題更是神。

我想起了Space Write前，高中同學會時有人對我說過的話。

從以前就是這樣。我很會猜題，也很會掌握要領，什麼事情都應付得很好。連學校活動都是這樣，不讓爸媽或老師罵，不讓自己在班上格格不入。

小時候，我很喜歡足球，所以參加了當地的少年足球隊，拚命練習。可是，不管我如何從早練到晚，都絕對追不上會踢的傢伙，差距只會拉開，不會縮短。更讓我絕望的是，就連這些很會踢的傢伙也被更會踢的對手球隊打得落花流水，輸得一塌糊塗。讓我從國小就深深體認到人上有人這個道理的，就是運動。但我偏偏很會抓重點，能夠留在球隊的主力位子。與其咬緊牙關做著不會值得的努力，還不如隨便練練，適度地打馬虎眼，只要維持主力身分，好歹在球隊就能得到一定的地位。無論練習還是比賽，我很高竿地在教練看不到的地方摸魚，在顯眼的地方就裝出一點努力的樣子。我就此被當成一個「很會踢足球的傢伙」，得到了一定的肯定，而且也不會被瞧不起或是被排擠。在足球隊裡，會按照足球踢得好的順序形成一個金字塔，所以我總是留在比正中間要高出一點點的排名，我想。我就是在這個時候學到了CP值這樣的想法。比較成本與益處，做出效率最好的選擇，得不到結果的努力是白費工夫。有人追求不會實現的夢想，那就是笨蛋。這就是我人生的基礎。

所幸，我的學業也算好。我就是很會抓重點，所以不管國語、算數、理科、社會，全都只靠聽課就能拿到不輸人的分數。但無論我怎麼努力，還是敵不過班上學業最好的傢伙，成績也到一定程度就上不去了。要擠進班上前十名很簡單，但要進前三名就辦不到。我感覺到自己和那些去上升學補習班，連國中都是考試入學的傢伙之間，有著一堵看不見的牆壁。所以我偷懶了。即使偷懶，我還是能輕易維持平均分數。猜題我從以前就很拿手，所以在大考總是能拿到超乎實力的分數，結果得到了「平野腦筋很好」這樣的好評。

我這輩子就這樣，重視CP值活到現在。但這不是我的錯，既然生在緩緩沉淪的現代日本，這是當然的選擇。只要橫衝直撞地努力就能出人頭地，年收入也會增加，那樣的時代早就結束了。泡沫經濟和高度成長都已經是過去的遺物，景氣回升和下滲經濟學都是漫天大謊。這是個小學生的夢想排行榜上，「上班族」和「公務員」會名列前茅的時代。這就是我們生活的二十一世紀的現實。將來的夢想？那是什麼，可以吃嗎？在這樣的時代，不作夢，保持冷靜，迴避風險，能好好計算將來ＣＰ值的傢伙才會生存下來，所以我一直都這麼做。無論國小、國中、高中、大學，我都以最低限度的努力留下ＣＰ值最好的結果。我就這樣一路「攻略」人生。我進行Space Write回到過去的時候，就覺得「贏了」。第二輪的人生，ＣＰ值會比第一輪更好。無論大考、考學校、就業，一切都能輕鬆擺平。最重要的是，我對天野河星乃這個少女瞭若指掌。無論她的興趣、嗜好、不喜歡吃的東西、喜歡看的電視節目，我全都知道。所以我們馬上就會熟起來，之後只要避開大流星雨就萬事都能解決——當時我是這樣想的。

可是，我錯了。

我跟星乃甚至還無法好好講上幾句話，連朋友都沒當上。每次都吃閉門羹，完全被她討厭了。所有想得到的手段我都試過，已經沒有招了。徹底無計可施。

——這不對勁。我明明沒有犯錯。

計畫理應是完美的。我比誰都更了解星乃，傾向和對策都是萬全的。我們理應能用最合理、CP值最好的方法熟起來。我作夢也沒想到，竟然會這麼適得其反。

暑假就快結束，到時候第二學期就會開學，我會愈來愈沒有時間。最大的問題，就是我沒有接下來的展望。在這個世界——二〇一七年這個過去的世界，我所擁有的最大優勢就是「記憶」，也可說是一種能知道未來會發生什麼事的「預測」。總之，接下來這些全都不會管用了。因為我暑假結束後的「記憶」，全都是已經和星乃熟起來，感情培養到能夠進出她公寓之後所發生的事情。我根本沒經歷過像現在這種連好好見面都辦不到的未來。

一切都走樣了。現在站在這裡的，是個只是變年輕了幾歲，沒有知識也沒有經驗的二十五歲無業男子。一個高中生該有的年輕與感性都已經丟掉，連唯一的武器「預測」都已經失去的人。一個沒有工作，身無分文，連找打工都全軍覆沒的翻找垃圾來充飢的窩囊廢。

我到底哪裡錯了？為什麼不順利？為什麼無論第一輪還是第二輪都不順利？

我不曾在人際關係上失敗。我跟任何人都維持在適當的距離來往，適當地混熟。在集團中不會格格不入，卻也不會被盯上。我會察言觀色，避免衝突，永遠在一定的距離建立關係。和合得來的人當朋友，對合不來的人則不勉強來往。有時候也會互相融通，互相幫助，但絕對不涉入對方的內情。這就是CP值最好的人際關係。所以，我不會和任何人產生決定性的對立，不會像現在的星乃和我一樣，關係弄得這麼僵。我每次都會在事情鬧成這樣前就抽身，努力不讓關係惡化。因為對合不來的對象努力，ＣＰ值會很差，只會白費工夫。

正因如此，我才不知道該如何是好。我不曾「修復」過人際關係，我總是在關係惡化之前就遠離，所以不曾和鬧僵的對象和好，不曾累積這樣的經驗，無論考試、就業還是人際關係，我都不曾面對過看似沒有希望的挑戰。

怎麼辦？真的該怎麼辦才好？星乃很孤僻。面對這個不折不扣是全世界最厭世的少女，我無計可施。玩完了。要是暑假就這麼結束，再來就是我不知道的未來。

我不行了。

真的，狀況令人絕望，沒救了——

「啊，有了有了！平野～～！」「大地同學～～！」

我聽見有人大喊，打斷了我的念頭。轉頭一看，馬路另一頭有兩名男女跑過來。

「涼、涼介？伊萬里？」

「哎呀～～果然是在這邊啊～～」涼介喘著大氣，在我身前停下腳步。「跑去找站前的遊樂場，連二樓都找，真的是白找了。」

「看吧，果然我說的才對嘛，笨蛋涼介。」

「不要叫我笨蛋啦，笨蛋。」

「你們兩個，怎麼會……」

我來回看了兩位朋友的臉。

「我們兩個人分頭在找你啊。對吧？」

涼介使了個眼色，伊萬里也「嗯」的一聲點點頭。

「因為你最近總是一臉鑽牛角尖的表情，聽課也心不在焉。所以，我很擔心……」

「沒錯沒錯。如果有什麼煩惱，可以找我們陪你商量啊，偶爾也依靠我們一下嘛。」

而且──

涼介與伊萬里對看一眼，然後就像要代表兩人的意思一樣說了：

「我們想回報大地同學的恩情。」

「……咦？」

「大地同學，你想想，每次你不是都幫助我們嗎？就算我上課睡覺，你也會把筆記給我看，考試猜題更是神。」

「這又沒什麼大不了……」

「不不不，你有夠厲害的啦。我這次的暑期講習也一樣，要不是有你在，我絕對不會繼續上課。」

「實際上你不就蹺課了？」伊萬里吐槽。

「我有去上一半好不好？而且現在我的事情不重要啦！」

涼介喊著拉回話題。

「總之，我想幫助大地同學。」

「我也是。畢竟你陪我商量過，甚至還救了我的命。」

「不，那是……」

我沒做任何值得他們感謝的事情。

「我想幫助大地同學。」

「我也一樣。我想為平野你做些什麼。」

「啊……嗯、嗯……」

我沒辦法把想法好好說出來，就只是看著他們兩人。

——沒錯。

事到如今我才發現。

——我是多麼愚昧。

Space Write前也是這樣。那場同學會上，留到最後的就是他們倆。邀我去的是伊萬

里，挺身阻止我的是涼介。

他們是我的朋友。無論在未來的世界，還是在過去的世界，我們的確是朋友。我老是在意CP值，連人際關係都想照CP值劃分，而他們兩人卻不計得失地跟我來往。我過了足足八年，才察覺到這麼重要的事情。

「而且大地同學有什麼煩惱，我都已經知道了。」

「咦？」

「不就是天野河嗎？光是你會站在這裡，就已經太明顯啦。」

「啊……」

用不著隱瞞，就如他所說。

「很明顯嗎？」

「是啊，大地同學。暑假期間，你也一直為了天野河的事情煩惱吧？我是不知道你們以前發生過什麼事，可是該怎麼說，說穿了你們就是想『和好』吧？那我會幫你啊，畢竟我對女生的事很專業。」

「天知道。」

「駱駝蹄妳是怎樣啦，別潑冷水。」

「別叫我駱駝蹄。」伊萬里往涼介腳上狠狠踹了一腳。「可是涼介說的沒錯，我們會幫你的。」

然後她小聲喃喃說道：「……雖然你想的是外星人，這讓我有點不爽。」

「咦？」

「沒有，我什麼都沒說啊。」

伊萬里撇過臉去。

——可以這樣嗎？

在Space Write後的這個世界，把他們兩人的命運也牽連進來。

我沒辦法馬上做出回答，所以我背向他們，擦了擦臉，不想被他們看見我的眼淚。

不過，我想還是很明顯。

5

「——所以呢！」

翌日的衝刺班，課才剛上完，涼介就站起來。

「今天我們要開作戰會議。」

「你說什麼會議？」

我一邊收拾課本一邊反問。

「還能有什麼，想也知道吧。就是太空美少女星乃攻略會議啊。」

涼介的智慧型手機上顯示出星乃（十歲）笑咪咪的臉孔。

「那邊那個戀童癖給我等一下。」伊萬里拿課本在涼介腦門重重敲了一記。

「痛死了！誰是戀童癖啦！」

「你昨天有好好聽平野說話嗎？」

「當然有啊。」

「那攻略會議這樣的名稱就不對吧？我們是說要讓他們和好。」

「這就叫作攻略。」

「你那套根本就只是搭訕大作戰吧。」

「妳說什麼？」

兩人隔著桌子較勁。我攔在中間說聲：「好了好了。」

「接下來的部分，我們去咖啡店再說吧。我請客。」

「好，小子們，我們走！」「笨蛋涼介不要指揮！」伊萬里想踹領在前頭的涼介，卻踹了個空，我跟在最後面。

昨天在那之後，我把我的「苦衷」摘要告訴他們。話說回來，我沒提到Space Write還有星乃死去的未來這些事情，只就我和星乃的關係說出要點。說我以前和星乃認識，但星乃不記得，我也不能讓星乃知道。而我希望能再度跟她建立起可以談話的關係。

這段說明就像打了馬賽克再上一層柔焦，模模糊糊，難以捉摸。可是他們兩人熱衷地聽我說，也容許我避過細節不談，還說願意給予我「協助」。

「我會更詳細查查看星乃的事。正妹的事情就包在我身上。」

「我也會去查查看。我朋友裡面有人跟天野河讀同一間國中，我會去問一下，說不定會知道些什麼。」

然後，昨天剛講完，今天涼介馬上就提議要開作戰會議。

——謝謝你們兩個。

我並不指望他們能帶來什麼具體的成果。我怎麼想都不覺得星乃的事能這麼簡單就有什麼進展。

可是，他們的心意讓我好高興。

來到這個世界、這個時代以來，我一直覺得自己是孤伶伶的一個人。對誰都不能說Space Write的事情，所以感覺就好像只有我一個人不小心闖進了異世界，而且跟星乃的關係還進展得不順利，心情跌落到谷底，而涼介和伊萬里就拯救了這樣的我。

我不是孤伶伶的一個人。

「呃～～根據我的情報網，那個美少女有著不為人知的祕密，也就是說，起因在她的出身。」

「開場白就省了，趕快說明啦。」

「嘖，妳很會搞壞我的心情耶……那我就從基本情報說起。」

他把手上的智慧型手機朝向我，滑動畫面給我看。

裡頭就像個相簿，琳瑯滿目地列出星乃小時候的快照。每一張都是星乃五～十歲的幼年時代，讓伊萬里露出有點厭惡的表情。

「呃～～星乃是她父母在叫作ＩＳＳ的國際太空站上床而生下的小孩。父親是彌彥流一，母親是天野河詩緒梨。兩個人都是ＪＡＸＡ的太空人，後來回到地球結婚。然後母親生下了星乃，也就是所謂的奉子成婚吧。好Ａ喔。」

「涼介，你那些沒營養的註解就不用講了。」「很Ａ的是你吧？」

「呃，那個……你們兩個會不會都太冷漠了？」

涼介顯得不服氣，但仍操作手機開始說明。

「咳，就如你們所知，星乃這個『太空寶寶』非常受歡迎。全世界的電視新聞都報導了她可愛的笑容，讓她成了全球最有名的嬰兒。要說她有多可愛，就像這樣。」

涼介說到這裡，彷彿把手機當成了水戶黃門的印籠，往前猛一遞出，點選畫面。畫面上可以瞥見Youtube的紅色Logo，然後開始播放一部「影片」。

——啊……這個……

畫面上有一名男性登場。是個身高很高，曬得很黑的英俊男性。他面帶笑容攤開雙手，就有個小女孩大喊「爸爸！」衝到他懷裡，然後被他用健壯的雙臂牢牢抱起。他的身旁有一位黑髮年輕女性笑咪咪的，看著被父親抱住而露出滿而笑容的女兒。不需要任何註釋，我也立刻看出這就是星乃與她的父母。臉磨蹭著父親的星乃有著燦爛無比的笑容，還聽得見她喊說她最喜歡爸爸了。衝過去擁抱爸爸時弄亂的黑髮，被身旁的母親輕輕撫平，年幼的星乃舒服地瞇起了眼睛。她的笑容實在太純真，將她多麼受父母所愛、多麼幸福述說得毫無挑剔的餘地。畫面上的少女還不知道這幸福的時光就快要結束了。

「可是呢～～」

涼介以裝模作樣的口氣說下去。總覺得愈看愈覺得他像是某種說書人。當事人自己可能也就是想這樣吧。

「花兒命短，偶像的壽命也很短。等這短暫的風潮過去，星乃的人氣就愈來愈低迷。開始低迷的最大理由，就是輿論的抨擊。因為彌彥流一的出軌行為被揭發。」

「出軌？星乃的父親出軌？」

我忍不住反問。

「奇怪，大地同學不知道嗎？不過我也是昨天查了才知道啦。」涼介說得一派輕鬆。

「聽說是當時週刊娛樂的獨家新聞呢。」

「那本雜誌不是大家都知道假消息很多嗎？消息有經過查證嗎？」

伊萬里指出這一點，涼介就辯解：「別問我，去問維基百科老師啊。」

「不過先不說消息真假，火種就是延燒到讓彌彥流一召開了記者會。可是他拚命解釋也無濟於事，網路上鬧得不可開交，連他們根本是奉子成婚所生下的星乃的出生都受到抨擊。抗議電話打到JAXA接不完，而我們的悲劇偶像星乃又遭逢更大的不幸。」

涼介說故事似的繼續說下去。如果是在先前的同學會聽到，也許我會覺得不愉快，但不可思議的是現在的我並不生氣。是因為說的人是涼介嗎？

然後他說了。

「就是發生在ISS的死亡意外。」

距今七年前，星乃十歲的時候。

星乃的父母搭乘ISS時發生了悲劇。

起因是小小的故障。船外實驗平台上有一樣機器故障，然後拿預備零件去換，這件事本身並不稀奇。當時公認彌彥流一對ISS最熟悉，經驗豐富，天野河詩緒梨又身為實驗艙負責人，於是就由他們這對搭檔去處理。然而，就在更換預備零件的程序即將結束時，傳來了一陣原因不明的衝擊。事後才知道原因是太空殘骸的撞擊。這塊宇宙殘骸穿過NORAD（北美防空司令部）的監視網，只有幾毫米大，卻以「秒速」八公里這種比子彈快了十倍的速度飛來。

這塊殘骸的撞擊，造成天野河詩緒梨所穿的太空衣破損。她因為缺氧而當場失去意識。彌彥流一抱著昏厥的妻子，拚命想回到船內。可是，這個時候彌彥流一自身也因為殘骸而受了致命的重傷。歷經超人般的奮鬥之後，彌彥將妻子詩緒梨送回了ＩＳＳ。然而，他自己就在這時力竭身亡，再也回不來了。之後詩緒梨仍然昏迷不醒，回到地球。在醫院所受的治療也徒勞無功，幾個月後斷了氣。

從這一刻開始，星乃變得孤苦無依。

事後的意外調查報告書做出的結論是，這場悲劇的原因不折不扣是天文數字級的極低機率下所發生的殘骸衝撞，無從避免。只是，當時ＩＳＳ日本實驗艙「希望號」的管制官事後辭職負責。

「啊……」

「怎麼啦，大地同學？」

「不好意思，回剛剛那邊看一下。」

我指向手機這麼說。經過「呃，回到哪？」「前一句，說管制官辭職那邊。」這麼一段問答，畫面上再度顯示我想看的地方。

這時，覺得對意外有責任而辭去管制官職務的人物名字，讓我看得目不轉睛。上面確實是這麼寫的。

惑井真理亞。

6

如果只是引咎辭職，我是知道的。

只要稍微查一下真理亞的個人資料，就會查到這個事實，還有人說這就是她會收養星乃的起因。

再下來的部分才是問題。

「早啊，大地！歡迎你來～」

晴朗的藍天下，惑井真理亞舉起手呼喊。

她的皮膚曬成健康的小麥色，一頭俐落的銀色短髮，分不清是睡到捲翹還是髮型本來就這樣。她一笑，潔白的牙齒就亮出耀眼的光澤。明明不像有化妝，卻漂亮得讓人無可挑剔。

聽涼介說完的兩天後。

「不好意思，打擾妳工作。」

「怎麼說得這麼乖巧？今天我負責陪那些小鬼頭，你來正好給我藉口溜出來。」

建築物入口架起了「JAXA暑期兒童班　～發射真正的火箭（第二屆）」的招牌，聽得見孩子們的吵鬧聲。園區內有許多親子檔，不同於平常地熱鬧。我懷念地想起以前就曾在這兒童班與發射火箭的星乃不期而遇，但這是已經過去的事情。

JAXA筑波太空中心。以前被真理亞叫來這裡時，接收了星乃給我的「遺言」。但那是八年後的未來，「這個世界」的我來到筑波的次數大概少到數得出來。

「對了，特別演講就快到了吧。」

她背後的牆上貼著好幾張海報，上面有「天體與宇宙　──太空人的足跡」這樣的標題。演講者寫著惑井真理亞的名字，題目是「希望的ISS　太空人的回憶」。

「啊～～這個啊～～」真理亞搔了搔後腦杓。「我一再拒絕，可是上頭說無論如何都要我去～～真不知道他們是想叫一個辭職的管制官說什麼話啊。」

「可是，真理亞伯母這麼漂亮，是JAXA的門面嘛。」

「哈哈哈，我嗎？是誰講了這種話啦～～」

說來懊惱，但她豪邁大笑的表情還是很漂亮。對美貌沒有自覺或許也是她的魅力所在就是了。

──真不知道他們是想叫一個辭職的管制官說什麼話啊。

順著她這句話帶出話題就好了。

可是，實際面對本人就讓我不太好開口提起。

前幾天，涼介給我看的手機畫面還有後續。因ＩＳＳ的意外而引咎辭職的管制官惑井真理亞——底下還加上了這樣的註釋。

「根據部分週刊媒體報導，是彌彥流一的不倫戀對象。」「當事人及ＪＡＸＡ否認。」「但週刊媒體刊登了只有他們兩人走出旅館的照片。」

——那女人才不是什麼監護人，根本是個狐狸精。

如果這報導是事實，先前聽星乃說的那句話就有了解釋。

當然即使這件事揭曉，也不會對我與星乃的關係產生任何影響。然而我就是覺得，連Space Write前都不知道的這個事實當中，隱藏了某種更重大的祕密。

可是……

我看著她邁開大步，挺得筆直的背影。

這個一根腸子通到底的女性搞不倫戀？

「——你不是有事想問我嗎？」

我心臟猛一跳，停下腳步。真理亞轉過身來，揚起一邊眉毛。

「就是想問星乃父親的事情吧～」

「不……啊，是的。」

我的回答會變得矛盾，是因為被她說中了。而且聽她這麼一問，我才發現自己想問的事情是多麼八卦，多麼低俗。

「對不起，呃，那個……」

「我的確搞不倫戀了。」

「咦啊？」

我發出怪聲。

「果然是這件事啊～」

她說得很乾脆，然後目光直視我。

「彌彥流一。他的照片你看過嗎？」

「咦？啊、啊啊，看過。」

太空人彌彥流一，星乃的父親。透出堅定意志的粗眉毛，緊閉的嘴，有如年輕運動員的結實體格，像是古早帥氣男星的氣氛。他出身貧苦家庭，半工半讀念完大學，修完航太工學與應用化學後，通過JAXA的太空人考試。他以天才般的頭腦與充滿獨創性的企劃力為武器，設計出ISS的「希望號」，擔任其乘組員也十分活躍。一段典型的成功故事，配上典型的英俊外貌。更有人說，天才醫學學者天野河詩緒梨的CH細胞研究，若是少了彌彥流一在技術面的支援，就不會成立。

「他很帥吧？」

「是、是啊，挺帥的。」

「個性也活像個現代武士，最討厭拐彎抹角——以前我好崇拜他。」

這時，她露出了遙望遠方的眼神。像個少女一樣，不設防的表情。我第一次看見她這樣的表情。

「可是我被甩了～」

「咦？」

「他一臉活像殺了人的表情，連連說不好意思、對不起、抱歉之至。接下來又開始大談他已經有喜歡的對象，愛著對方，說什麼都無法死心。他是個頑固、正經八百、不懂得變通的呆子，但我大概就是迷上他這種地方吧。」

「咦、咦？那麼，說不倫戀是——」

我腦子一團亂。我的確搞不倫戀了——曾經喜歡——可是被甩了。指針左右擺盪，讓我無法判斷真假。

「哈哈哈，你當真了？剛才那是開玩笑啦～」

「真理亞伯母。」

「抱歉抱歉。誰叫你一臉嚴肅的表情，我就想說當然要耍你一下。」

她拍拍我的肩膀，力道強得讓我咳了一下。

「我對流一表白，是在他還單身的時候。然後不倫戀案鬧大，只是因為剛好我在旅館前面碰到流一，然後被拍到照片。」

「原來是這樣啊……」

「而且啊，我和詩緒梨是好朋友，我可沒淪落到對好朋友的老公下手。如果問這問題的不是你，我已經把人一腳踢飛了。」

說著她轉身之際使出一記迴旋踢。高高舉起的腳劃破空氣橫掃而過，裙子掀起，露出了大腿。我的瀏海輕輕飄起。我想起了真理亞從小就練空手道。

「對、對不起。」

「沒關係，如果你覺得過意不去，就跟那孩子好好相處。這是我唯一的希望。」

於是她看向天空，小聲說出這句話。

「星乃她啊，是他們留下的寶貝……是我最喜歡的他們倆留下來的寶貝。」

「真理亞伯母……」

我忽然想起。「大流星雨」剛發生後，被通知星乃死亡的消息時，真理亞就在星乃的公寓房門前痛哭失聲。她抓著門號啕大哭的模樣足以訴說她的悲傷之深。

現在我很明白。

這個人深愛著星乃。即使不是親生女兒，仍然像親媽媽一樣愛著星乃。遠在我認識星乃的很久很久以前就一直保護她、庇護她、支持她，幫她擋著避免受到社會、大眾媒體、貧困與抨擊的傷害。監護人這個頭銜並非只是擁有親權。

「真理亞伯母，妳曾經跟星乃說過這些嗎？」

「沒有〜〜」

她搖搖頭。看到我正要說話，她就輕輕舉起手制止，說道：

「沒關係，大地，我知道你想說什麼……可是啊，星乃恨我，是沒辦法的事。」

「咦？」

「我啊，沒能救活她的父母。當時我擔任管制官，如果能做出更適切的指揮，也許他們就可以得救。那個時候，我被意料之外的殘骸衝撞嚇得腦子裡一團亂，頂多只做得出照章行事的對應……」

「可是，ＩＳＳ被殘骸衝撞的機率，就算以十年為單位，也只有〇・一％以下吧？這要說是意料之外，也沒辦法反駁吧？」

「那是指雷達捕捉得到的十公分以上的殘骸。太空中飄著無數雷達捕捉不到的殘骸，說殘骸撞上來是『意料之外』，豈止是沒資格當管制官。」

真理亞以嚴肅的口氣說得十分自責。不知不覺間，她語尾拉長的習慣也不見了。

無論看ＪＡＸＡ的正式文件還是意外調查委員會的報告，意外發生的原因顯然都是避無可避。但她仍然會露出這麼難受的表情，多半是因為交情很好的同僚死在眼前吧。

更有甚者，她之所以會選擇這個常要在職場過夜的辛苦工作，或許也是因為受到這種自責的念頭驅使。

「星乃應該很恨我吧。」

「但這是……」

「沒關係。她有資格恨我。」

真理亞說完低下了頭。她話是這麼說，但我認為因為跟星乃之間的隔閡而受傷的反而是她。

「真理亞伯母。」

「嗯？」

「可以再問妳一個問題嗎？」

她點點頭，我就問出了今天最後一個問題。

「妳知道『Europa事件』嗎？」

※

——似乎是叫作Europa事件喔。

涼介提起這件事是在前天。

在ＩＳＳ進行艙外作業時所發生的「意外」，讓太空人彌彥流一死亡，其妻天野河詩緒梨也在昏迷不醒的情況下回到地球，然後住院，幾個月後過世。

問題是在天野河詩緒梨住院期間發生的。

有人在網際網路上寫了對詩緒梨的「殺害預告」。

『天野河詩緒梨在本來應該崇高的太空人任務中，避開管制室的目光，惡用ISS內的個人艙房，勾引男人，不但有性行為，甚至還懷孕，是個不檢點的女人。對這樣的人，沒有一丁點必要花稅金繼續幫她做延命處置。所以我要去破壞天野河詩緒梨的生命維持裝置，在此執行正義。』

犯人在網際網路的各個留言板寫下這樣的內容。而且這個人不只是在網路上發言，還打算實行殺人預告。犯人在晚間潛入醫院，並且嘗試侵入她沉睡的病房。當時犯人做出了用噴漆在病房窗戶上塗鴉這種令人費解的舉動，被警衛發現，犯行本身以未遂作收。遭逮捕的犯人是個身材發福的光頭中年男性，本名井田正樹。高中畢業之後在當地公司就業，但因人際關係發生問題而辭職，二度就業不順利，繭居在家數年後犯下了這起犯行。

井田正樹遭到警察逮捕，法庭以殺人未遂及擅闖民宅罪判決有罪。考慮到對社會造成的影響，法官處以實刑，必須入監服刑。幾年後，他服完刑期，獲得釋放，之後就下落不明。以上事件就以井田正樹預告犯行時所用的網路ID，稱為「Europa事件」。

——聽說在網路上他還被稱為「Europa神」，相當有名。雖然我想這樣叫的人幾乎都只是鬧著玩，但其中也有一些真正的「信徒」，相關的討論串氣氛還真有點危險。只要看哪個藝人或政治人物不順眼，馬上就有人寫：「要執行正義！」

執行正義——在Europa所用的網路黑話裡，這就和「殺了他」同義。

※

「妳知道『Europa事件』嗎？」

我問出這句話的瞬間。

真理亞悲痛地皺起臉不說話，顯然我深入了某個核心。她眉頭緊皺，表情僵硬。

我心想：奇怪了。

「Europa事件」本身以未遂作收。雖然是很過分的事件，但真理亞的表情會比談到星乃父母死於意外時更加難受，就讓我覺得有蹊蹺。

「……我知道。」她以今天最低沉的嗓音回答。「你聽誰說的？」

「呃，網路之類的。」

「是嗎？」

她又說了一次：「是嗎，網路啊？」

——這是怎麼了？

她看起來不對勁。

「網路上寫了什麼？關於這個事件。」

「這……」

我把從涼介口中聽來的情報與自己查到的消息摘要說給她聽。自稱Europa的男子預告將殺害星乃的母親。此人實際做案，但以未遂作收。

「你覺得這個事件沒什麼大不了吧？」

「咦？」

「不是嗎？網路上多的是這樣的事件。先鬧得沸沸揚揚，然後有人預告犯罪、執行、失敗。腦袋有問題的網路使用者身上常見的崩潰……差不多就這樣吧？」

我不知道該怎麼回答，但還是點點頭。她指出的部分也的確就是我抱持的印象。

「事件本身以未遂作收，犯案的笨蛋遭到逮捕，受到法律制裁……可是啊——」

說到這裡，她的眼睛就像猛禽亮出犀利的光芒。感覺像是用眼神將累積在心中的某些東西硬壓下去。

我想起了「殺意」這個字眼。

「話一旦說出來，就不會消失。不管在現實，還是在網路上。」

「這是什麼意思？」

「犯人在網路上不斷發言表示天野河詩緒梨沒有活下去的價值，是稅金小偷，把這個罪犯的生命維持裝置關了。不只犯人自己，有很多人都搭上這股熱潮，寫下這樣的話。他們相信週刊雜誌沒有根據的報導，無論是對昏迷不醒的詩緒梨還是已經死去的彌彥流一都瘋狂抨擊，是一陣謾罵的風暴。」

網際網路上有著一種稱為「灌爆」的現象，就是批判性的留言形成一股熱潮。我也在過去的匿名布告欄，或是叫作懶人包網站的留言精華網頁看過，都是一些很過分的留言。對昏迷不醒者的中傷；對已死去者的毀謗。

「你覺得這些，是『誰』在看？」

誰在看——這是什麼意思？

「彌彥已經死在太空，詩緒梨也昏迷不醒。那麼，是誰在看這些？」

我一開始還聽不懂真理亞這句話的意思，回答不出來。

但答案自然而然地浮現。

「難道說……」「沒錯。」

真理亞把視線固定在虛空，述說答案。銀色的瀏海遮住她的臉，讓我看不清楚她的表情，只看得見她的嘴脣就像檢察官宣讀嫌疑似的淡淡動著。

「就是星乃。」

我說不出話來。

「大家湊熱鬧，出於好玩扔出的石頭，全都打在那孩子身上。去死、殺了她、這是正義、天譴。寫上去的惡意，全都打在一個十歲的女孩子身上。」

「妳是說，星乃看了布告欄？」

「不是她想看，也不是有人告訴她。可是啊，這種事情就是會傳到她耳裡。尤其那孩子頭腦好，直覺又敏銳。偶然聽到風聲，湊巧看到什麼線索，一步步查下去，那些像是惡意結晶的言語洪流就會湧出來。只要看到一次，大概就逃不了吧。就算隔天就關上電腦，記憶也不會消失。現在，有人在別的地方抨擊自己這家人，抨擊死去的父親、昏迷不醒的母親。你覺得她那純真又柔軟的心靈會變成怎樣？一個小孩死了父親，在病房裡看著昏迷不醒的母親，孤身一人面對幾千幾萬枝惡意的箭，到底會變成怎樣？」

我心中忽然浮現出一幅景象。

無數枝箭有如雨點從空中灑下，不斷射向十歲少女全身。

她的身體染成深紅色。

「……我本來還以為不會再看這種東西了。」

真理亞說到這裡，從口袋拿出智慧型手機。她用手指操作畫面，然後交給我。

「這是？」

「星乃的影片。是有人擅自上傳以前電視新聞的畫面……你就看看吧。」

在她的催促下，我點選了三角形的箭頭。總覺得以前星乃送來神祕「通訊」時，我也是像這樣借真理亞的手機看影片。那個時候，三年前的星乃顯示在畫面上，只有一個黑色輪廓，說話也摻著雜音。

當影片開始播放，就看到一名男性。是一位在電視上常常看到的演藝圈記者，以一臉煞有介事的表情握著麥克風。拉高手機的音量就聽到記者說：「現場一點聲音都沒有。」然後看到一棟拉了黃色封鎖線的建築物。畫面右上方有一串文字寫著「住院中的太空人遭不明人士襲擊」。

「這是……」

「事件剛發生後的報導。」

真理亞簡短地補充完，撇開了視線。看樣子是不想看這段影片。

從記者講話速度很快的報導漸漸弄懂是怎麼回事。正面拍到的白色建築物是醫院，有看似採訪組的攝影師與記者大舉湧向鏡頭很快拍過的大門。大概是「Europa事件」剛發生後，媒體記者湧向現場採訪的畫面吧。

過了一會兒，發生了讓採訪記者一陣騷動的場面。看似案發現場的病房窗邊出現了一個人物。是個矮小的少女，手上拿著像是抹布的東西，慢慢開始擦窗戶。

仔細一看，窗上寫著一些文字。那些用噴漆寫上的像是塗鴉的文字被攝影師放大，看得出是寫「天誅」。我想起了之前看過的報導，說Europa事件的犯人在病房窗戶上留下的訊息就是「天誅」。

星乃伸長手，想用抹布擦掉這些字。但用噴漆寫上的大字實在很難擦掉，她用瘦弱的小手拚命想擦掉的模樣令人看了好心疼。好幾台攝影機拍到她這種模樣，閃光燈閃個不停。星乃也不管這些，默默地、淡淡地擦著天誅兩字。擦到一半，護士慌慌張張地跑出來，抱住拿著抹布的星乃，想把她抱回病房。閃光燈又是一陣猛閃。

星乃從窗邊退場時，有那麼一瞬間回頭看了過來。看到這裡，我吃了一驚。

星乃在瞪人。這名十歲的少女眼眶含淚，表情僵硬，咬緊了牙關，彷彿恨透了這世上的一切，以充滿敵意的眼神看了過來。就連她這種表情也成了閃光燈的獵物，記者群將她無垢的靈魂散布到觀眾面前。母親遭到抨擊，甚至遭到襲擊，還被寫著天誅的胡鬧塗鴉侮辱的少女拚了命反抗的模樣，攝影機彷彿當成一種表演，不斷朝她亮起閃光燈。幾十個大人圍住一個受到傷害的少女，卻沒有一句話、沒有客氣、沒有顧慮，也沒有溝通，就只是把少女悲痛的表情當成拿得到收視率的被攝物，拍個不停。想必在客廳裡看著電視的觀眾之間也是一樣的情形。

「從這天起，星乃就不再笑了。」

真理亞沒拉起低垂的視線，重開話頭。往她的側臉看去，只見她的臉頰悲痛地僵住，讓我彷彿從中看到了畫面上星乃的表情。

「長達好幾個月，她一直去醫院探望昏迷不醒的母親，一直對母親說話，叫著媽媽、媽媽。可是母親不回答，就這麼過世了。相信他們一定很遺憾吧，不管是詩緒梨還是流一。那孩子在並排著父母遺照的靈堂前不哭不叫，就只是孤伶伶地坐著不動，她的背影我永遠也忘不了……」

不知不覺間，真理亞的身體在顫抖。我什麼話都說不出來，就只是站在原地。

——原來是這樣啊……

這件事我是第一次聽到。然而知道這件事，我想通的感覺更勝於吃驚。星乃那麼喜歡她的父母，經常談起跟父母的回憶。可是，她不想提父母遭逢的意外，也不跟我說她會變成繭居不出的理由。我覺得真理亞給我的這個情報，補上了一片星乃那些不為人知的人生拼片。

來參加暑期企畫的孩子們開心的叫聲迴盪在園區內。

有人發射了手工火箭。

火箭高高飛起，隨後在地球的意志下墜落到地面。

7

「我是聽朋友說的。」

之後過了一週左右，伊萬里帶來了「調查結果」。

是在上完每天上的衝刺班課程，來到常來的咖啡館後。

「喔，駱駝蹄也終於帶消息來啦？」

「你很煩耶，我跟你不一樣，不是只在網路上簡單查一下，是好好採訪過相關人士。還有不要叫我駱駝蹄。」

伊萬里賞了涼介一記手刀當成招呼後，轉過來面向我。

「然後，關於外星人……天野河的事情。」

「嗯，問出什麼了嗎？」

「根據同一間國中的朋友說，天野河很少上學，所以幾乎沒有人跟她說過話。」

「搞什麼，那不就沒轍了嗎？」

「你先閉嘴啦。」

桌子底下傳來鏗的一聲，涼介發出唔哇一聲哀號。

店內播放的背景音樂從耳熟能詳的國內歌曲換成西洋歌曲。ＤＪ開始在廣播中介紹曲子。

「雖然沒有人跟天野河說過話，但聽過她傳聞的人還挺多的，尤其是網路消息之類的。」

聽到網路消息，我就想起幾件事。

前幾天真理亞跟我說過的事情。也就是所謂Europa事件，以及以此為發端的網路抨擊熱潮。

「不是有各種學校地下網站嗎？就是可以匿名留言的布告欄。」

「噢，的確有這樣的東西啊。」

也不只有學校，網路上就是有各種和學校、企業、團體等有關的各式各樣匿名布告欄。說是學校地下網站，應該就是指能讓學生或相關人士留言寫下這間國中或高中相關傳聞或消息的布告欄。

「聽說那裡啊，就寫了很多有關天野河的事情。」

我立刻產生了不好的預感。

「上面寫了什麼樣的事情？」

「嗯～～不是什麼大不了的事。你們也知道她很有名，就有人寫到她父母是太空人啦，或是把維基百科的內容剪貼上去啦，還有網路上到處都找得到的以前的照片啦。」

「是喔？跟我一樣啊。」

「你這個戀童癖先閉嘴啦。」

桌下又傳來鏘一聲，涼介發出哀號。今天第二次。

「布告欄已經不見，之前也並沒有寫那麼多壞話或霸凌的話……可是啊——」

伊萬里說到這裡，壓低音量。

「聽說有人在上面寫過犯罪預告。」

我心臟猛一跳。

「犯罪，預告？」

「之前涼介不就說過嗎？曾經有一起牽扯到天野河母親的預告犯罪事件，叫作EI、Eu……」

「Apron事件。」「是Europa事件。」我立刻糾正涼介說錯的部分。

「沒錯，就是Europa。」伊萬里這才想起似的在手掌上打了一下，然後說：「我朋友就說，這個人也有出現在她國中相關的布告欄上。」

「妳說什麼？」

我的手忍不住一動，碰到拿鐵咖啡，搖晃的液面啪一聲濺起來。

「話說回來，也不知道是不是他本人啦。總之就是有個人用Europa這個ID，寫下了像是暗指天野河的犯罪預告。」

將於近日內執行正義。

內文就只有這麼一句。不過，只要看的人知道內情，想到「Europa」和「執行正義」這兩件事，就會知道這句話很顯然就是殺人預告。

「就只寫過一次嗎？」

「沒有，聽說有好幾次，可是內文全都一樣。起初還有人覺得好玩或是可怕，但老是千篇一律就很無聊，大家似乎很快就膩了。然後，這個布告欄似乎沒多久就被校方知道，也就關閉了。」

「有過這樣的事情……」

我第一次聽說Europa事件還有這樣的後續發展。

「星乃從以前就知道這件事嗎？」

「這點就……誰知道呢。」伊萬里歪了歪頭。

也許早就知道。不，應該知道吧。我直覺這麼認為。

星乃直覺很敏銳，又擅長在網路上收集情報。藺居族特有的網路依賴傾向，讓她對這種事的天線很靈敏。尤其當自己讀的國中多少在網路上形成一些熱門話題，她知道的可能性就很高。

Europa事件的犯罪預告。這在母親死後還追殺到自己就讀的國中。

不知道星乃有什麼感受。

當然了，這個「Europa」未必就是真貨——遭到逮捕的井田正樹。假設是有別人擅自用這個名號，反而比較自然。即使真是如此，不，正因如此，這惡質的程度才更上一層樓。當時的星乃是國中生，而且父母死後還沒過多少時間。在這樣的時期，看到有人用以前那個犯人的名號預告要殺她，她會有什麼感受呢？

——大家湊熱鬧，出於好玩扔出的石頭，全都打在那孩子身上。去死、殺了她、這是正義、天譴。寫上去的惡意，全都打在一個十歲的女孩子身上。

我想起真理亞的話。

寫的人也許只是開玩笑。可是，星乃會如何看待呢？一個十幾歲的少女，心靈受到了什麼樣的傷害呢？

——啊。

我忽然發現一件事。

「我說啊，我們的高中情形怎麼樣？有這樣的地下網站嗎？」

「……關於這件事……」

伊萬里顯得難以啟口，握著智慧型手機的手被她用另一隻手握住。

看到這個反應，我就懂了。

「有啊？」

「嗯。」

「該不會……」

「嗯，沒錯。」

她低聲說了。

「……我也想知道，一查之下，就跑出有點像的布告欄。然後啊——」

之後不用聽也知道。

「有、有了，大地同學。」

涼介把手機畫面朝向我。

「月高　交流布告欄」。

上面確實有人用那個ＩＤ寫下這樣一句話。

『我會執行正義。』

8

腳自然走向這裡。

我在咖啡館和他們兩人道別，走了十幾分鐘。

抬頭一看，是我常去的公寓——銀河莊。

雜草長得老高，前庭大而無當。一棟像是微微後縮，只有八戶的兩層樓小公寓。

涼介說了。

——這種臭網站，刪除掉不就好了？

伊萬里回答。

——沒用的。反正又會馬上有別的網站冒出來，還是會演變成一樣的情形。沒錯，沒有用。至少不會得到根本的解決。

真理亞也說過她申請了好幾次，無論律師、警察、諮詢窗口、專業人士，她都去商量過。申請刪除留言、申請關閉布告欄，所有法律手段她也都行使過。

但都是白費工夫。

——就是會冒出來。那些網路鄉民不管幾次、幾十次，都會再冒出來。即使有人遭到逮捕，也不會就這麼結束。並不是有特定的領袖，也不是有什麼組織，不管怎麼打擊，就是會再冒出來。

冒出第二個、第三個Europa。

——這個啊，真的會是學生嗎？

涼介說出了這樣的意見。

——網路上的留言，有時候一揭曉，不就會發現根本是完全不同世代的人寫的嗎？用留言筆戰起來，有時候會發現對方是小學生，又或者是年紀有夠大的大叔。你們想，「初代」Europa一開始不也假裝是學生在留言嗎？然後等到被逮住，才發現是個過了三十歲的大叔。在我們學校布告欄上留言的傢伙，說不定也是假裝成學生的大叔。不然感覺多差啊，如果寫這種東西的是跟我們同班的人。

其實很有正義感的涼介做出很合他作風的發言後，輕輕踹開椅子。

對此伊萬里則這麼回答。

——那麼，假設寫的是比我們年長的世代，針對我們這種高中生的人，其實就是已經三十幾歲，說不定甚至是四十幾歲、五十幾歲的人了？例如說，有可能是個五十歲的阿伯對一個十五六歲的小孩做出殺人預告？不覺得這樣真的很噁嗎？

沒錯，照常理來想，這很反常。

老大不小的大人對一個年紀跟自己小孩差不多的對象，匿名說壞話，甚至做出殺人預告。

——可是……

網路上，有時候反常會變成日常。即使在現實生活中實屬反常，在網路空間就是會充滿這樣的反常。這種叫作留言的石頭要丟多少都行。人們不會知道被丟到的人會受什麼樣的傷，就只是丟出去，打到人，覺得痛快，然後關上瀏覽器，誰也沒辦法追究。

就像太空中飄浮著無數殘骸，網路空間裡也飄盪著許多人寫下來的留言。沒錯，就像星乃的父母死於殘骸的撞擊，就算打到別人，丟掉殘骸的本人也不會被追究責任。

我仰望著銀河莊，多少懂了一件事。

——我討厭地球人。

以前星乃說過的那句話，現在我懂意思了。

——因為地球人都很愚蠢，腦筋很差。

網路布告欄上的中傷；報導父親不倫戀的週刊雜誌誤報；先把他們高高捧起再重重摔下的社會；大眾媒體，這些——

全都是，地球人。

我爬上滿是鐵鏽的樓梯，走在有夕陽照耀的走廊，站到常來的房間門前。按下門鈴。

『……回去。』我覺得好久沒聽見她說話了。

「我說啊，星乃。」

我知道這個問題根本不用問，但我今天還是忍不住問了出來。

「妳討厭地球人嗎？」

『……啥？』

像是傻眼的聲音後，給出的答案果然是這樣。

『蠢問題。』

○

這天回家路上。

口袋傳來震動。拿出手機一看，是收到了一封訊息。

「咦……？」

看過內文後，我不由得停下腳步。

【明天是什麼日子？】

簡訊就只寫著這行字。標題什麼的都空著，內文就這麼一句話。

朝寄件人欄位一看，上面是一串胡亂排列的英文與數字。感覺很像典型的騷擾簡訊，我馬上就想刪除，但又突然驚覺不對。

明天是什麼日子——這句話讓我耿耿於懷。明天是週日，八月最後一個週日。除此之外，還能是什麼日子？暑期講習已經結束，也沒有什麼特別要去辦的事或約定。

「明天……」

我收起手機，再度邁出腳步。我覺得心情浮躁，在回家路上走著走著……

「啊……」

右眼一陣刺痛。我想也不想就伸手去按，手掌心立刻積了一灘黏稠的紅色液體。

這是……！

下一瞬間，光在腦海中竄過。是過去我多次體驗過的「光箭」。無數的光出現在眼皮底下，紛紛穿透過我。Space Write的時候以及Space Write之後，我已經多次體驗到這種不可思議的現象。

喚醒我記憶的光。

血一滴滴落到路面上，我喃喃說道：

「『我想起來了』……」

第五章　命運之日——二〇一七年八月二十七日十點五分

1

暑假最後一個星期天。

我再度踏上這塊土地。

JAXA筑波太空中心。對我來說，這裡從各種角度來看，都是充滿回憶的地方。

——終於來到這一步了。

【明天是什麼日子？】

那封簡訊讓我想起了一件事。明天是什麼日子——既然已經發現，那麼這句話意味著什麼也就非常明瞭。

二〇一七年八月二十七日。這一天，JAXA筑波太空中心舉辦一場叫作「天體與宇宙——太空人的足跡」的活動。這場活動會透過展示與演講，介紹歷代太空人的活躍。尤其悲劇的太空人彌彥流一與天野河詩緒梨的部分更是放在主展區，還會放映先前並未公開的他們兩人相關的影片。

星乃會出現在這裡，而十七歲的我會湊巧和她再度相遇，一起看展覽。妙的是這就像是一場半天的約會，是我和星乃的距離就此決定性接近的一次活動。

當然沒有人可以保證會順利。看在星乃眼裡，現在的我就只是個每天死纏爛打找上門的同班同學，就算見到了，肯定也只會擺出厭惡的表情。即使如此，不是在公寓門前，而是能在「外面的世界」遇到她，這意義也深遠得無法估量。畢竟我就是透過這類巧遇才和她熟起來的。

最後的機會——這句話不容分說地壓在我胸口。八成再也不會有更好的機會了吧。幾天後暑假就會結束，第二學期就會開始。到時候，可以說我再也不會有機會和她巧遇，一切就看這一天了——

……我是這麼想，滿懷抱負來到這裡。

「大哥哥，等等我嘛～～」葉月開開心心地跑過來。

「平野～～這邊這邊～～！」伊萬里也揮著手，顯得很開心。

「大地同學～～快點快～～點！」涼介莫名地情緒亢奮到最高點。

——為什麼變成這樣……

這不是誇飾，今天就是決定我和星乃命運的日子。就像先前那樣，我不知道「未來」會因為什麼差錯而走樣，所以我為免被別人打擾，當然打算一個人來，但回過神來，他們三個已經跟我在一起了。

「唉……」

姑且不說母親要上台演講的葉月，竟然還被涼介看出來，實在是運氣不好。今天早上我們在車站碰到，他就逼問我：「大地同學要去哪裡啊～？」不知不覺間就弄成這樣了，而且涼介還找了伊萬里湊成整組來。

真沒想到我搶先命運一步，卻被朋友搶先我一步。

「大地同學，我們趕快去看嘛～」「平野～快點～！」

也不知道是不是暑期講習結束帶來了解放感，他們兩人開心地揮手。看著他們這樣，我暗自嘆了一口氣。

2

「哦～這就是ＩＳＳ啊……」

「嚴格說來是只有日本實驗艙部分。實體會和美國或俄羅斯的艙體連結，還要更大，大概有足球場大吧。」

「是喔？你好清楚。」

伊萬里顯得佩服地點點頭。

我們現在所在的地方，是ＪＡＸＡ園區內的展示圓頂屋。這裡有常態展示區，今天活動開始前擠滿了來消磨時間的客人。

ＩＳＳ日本實驗艙「希望號」。這等比例的模型，就是這個設施的最大看點，反射出銀色光芒的圓柱型外型給人一種近未來科幻片的印象。星乃夢想所寄託，也讓她夢碎的國際太空站，更是星乃這個少女開始以及結束的所在。

我在會場內設有的椅子坐下，在離「希望號」有一小段距離的位置靜下心來，好好仰望它那像是一個長空罐的模樣。

「奇怪，葉月那丫頭跑哪兒去啦？」「在咖啡座區和涼介喝著咖啡呢。」「喂，真的假的？」「他還發下豪語說：『葉月妳將來絕對會變成一個大美女。』」

「他真的不是戀童癖吧？」「誰知道呢？」

伊萬里不感興趣地聳聳肩。

「我說啊，平野。」她壓低聲音說道。「你該不會，是在這裡等人？」

「咦……為什麼這麼問？」

「因為你從剛剛就一直心浮氣躁啊。」

我自認裝得平靜，但看來還是掩飾不住。

「約好了嗎？」

「沒有，不是這樣。該怎麼說……」

我猶豫了一會兒，隱約覺得不想說謊，於是說出目前可以說的理由。

「這裡是我的回憶之地。」

「回憶？」

「沒錯，之前我和一個人一起來到這裡……她很喜歡這裡，看得很開心。所以我就想說，只要待在這裡，今天是不是也就見得到她。」

——大地同學，你看！那就是「希望號」！是爸爸設計的！

不管來到ＪＡＸＡ幾次，星乃都一定會來這裡。這是她最喜歡的爸媽在太空所待的，也是她誕生的所在。她開開心心地大談「希望號」，就和從電車上看到自己家，指著說：「你看，那就是我家！」那種感覺一樣。我確信如果星乃在太空人展的活動開始前會先繞到別的地方，那肯定就是這裡。

「你說的，該不會是……天野河？」

「嗯。」

「你今天來這裡，也是為了見天野河？」

我點點頭，伊萬里就低下頭說：「果然是這樣啊……」金色的瀏海遮住她的臉，讓我看不到她的表情。

「我去買個咖啡來。」

她站起來，走向出口。途中一度回頭看我，但她的表情有幾分落寞，卻又仍然露出笑容。

星乃沒來。

3

『由JAXA人員談論太空人回憶的演講即將開始。想參加的來賓──』會場內響起廣播，通知今天的最後一個企畫。

二〇一七年八月二十七日，下午兩點五十分。

星乃沒來。沒有來到ISS日本實驗艙「希望號」前面，也沒有來播放她父母生前活躍情形的影片展示區。找過其他我覺得有可能的地方，結果還是一樣。經我事先告知這件事的真理亞所給出的回答也是：「還沒看到。我也相當仔細在找了……」

幾乎所有企畫都已經結束。剩下的演講，是由真理亞上台。考慮星乃與真理亞的關係，她參加演講的機率低得令人絕望。

也就是說，星乃已經不會來了。

「大哥哥，你怎麼啦？不去聽媽媽的演講嗎？」

「嗯、噢……」

我讓葉月牽著我的手，搖搖晃晃地走著。伊萬里與涼介走在前面，先走進了會場。

「妳等一下，要坐在大哥哥旁邊的人是我。」「怎樣？又沒有規定。」「妳們兩個都別吵了，現在我旁邊可空著啊。」——他們幾個的對話，在我聽來有些遙遠。

——為什麼？

同樣的疑問從剛剛就一直像蒼蠅似的在我頭上盤繞。

——她為什麼不來？

我不認命，一再環顧會場，視線連入口也不放過。

但就是沒看見星乃。

「……平野？」

伊萬里看向我的臉。

「不好意思，我去一下廁所。」

我逃跑似的離開，跑進附近的廁所。

我在男廁的鏡子前面，雙手撐著洗手台。

「為什麼，到底是為什麼啦？」這是一段摻雜憤怒與失望的自問自答。

我明明應該預測了未來。虧我以為我預測了我們的相遇，虧我以為我搶先了命運一步。

星乃不來。她不在這會場裡，連影子都看不到。這就是現實。

「該死……」

我讓大家那麼大力協助，甚至用上了Space Write這種犯規手法，卻連從未來回到過去的優勢都發揮不了。

——我在搞什麼啊……

我被自己的沒用與無力感打垮了。

就在這個時候。

我受到了一股衝擊。

回頭一看，是一名男性。「給、給我小心點。」這名男性以有點尖的嗓音抱怨完，繼續唸唸有詞地走出廁所。他把有「ＪＡＸＡ」Logo的帽子戴得很深，看不見長相。

我也該走了……我挪動雙腳，來到走廊。

忽然間，我看見真理亞踏入會場。看到她愁眉不展的側臉，我猜到她也還沒能見到星乃。

——星乃也許會來明天的太空人展。

昨天晚上，她聽見我在電話裡說的這句話，開心地問：「真的嗎！」現在弄得辜負了她這份期望，讓我滿心只覺得過意不去。

回到會場一看，少女朝我揮著手。

「大哥哥，這邊，這邊！」葉月指了指自己隔壁的座位。

「等一下，妳憑什麼決定？平野，我這邊空著喔。」伊萬里指了指自己隔壁。

兩名少女的座位隔著通道分開，身旁的座位都空著。看來是我去廁所的時候，她們幫忙占好了位子。

正當我猶豫著該坐哪邊才好時……

「啊，等等！那個！」

葉月大叫。

轉頭一看，有另一名男性坐到葉月隔壁的座位。似乎就是剛才在廁所撞到的男性。他那有著「JAXA」Logo的帽子，還有不像夏天會穿的厚外套，我都還記得。

「不好意思啊，葉月。」

我在伊萬里身旁坐下。既然座位沒有對號，我總不能叫戴帽子的男性讓開。

「啊～～真是的，我好想坐大哥哥隔壁喔～～」

「葉月葉月，那就跟涼介大哥哥一起看吧！」

坐在葉月左邊的涼介裝熟地對她說話。「山科學長請閉嘴。」結果三兩下就被葉月打發掉。他們今天應該是第一次見面，但她似乎已經受夠了涼介的輕浮男模樣。

「就說小孩子閃邊去了。」

「咦？」

「呵呵呵，我在自言自語。」

坐在身旁的伊萬里臉上有著得意得無以復加的表情。

這時廣播宣告演講即將開始。葉月抱怨了好一會兒，這時也總算安靜下來。

主持人簡短致詞後，今天的演講者終於登台。

「謝謝各位來賓今天來參加ＪＡＸＡ的暑假特別企畫『天體與宇宙　──太空人的足跡』。剛才承蒙主持人介紹，我叫惑井真理亞。今天──」

真理亞穿著套裝用敬語說話的模樣，讓我覺得有點新鮮。她收起平常豪邁的模樣，這樣看過去，真的覺得她很漂亮。把正式服裝穿得挺拔服貼的銀髮美女，讓我覺得她宛如正要開始指揮宇宙戰艦的動畫人物。

──臉上沒有傷，果然差很多啊……

八年後的真理亞左臉頰上有著一道很大的傷痕，一道簡直像古裝劇的浪人會有的斜斜劃過的大傷痕。她的魅力不會因為這樣就受損，配上她與生俱來的豪邁，反而更添魄力，但想必她還是會在意那道傷痕。

演講繼續進行。

真理亞運用台上的幻燈片與影片等等，流暢地講解ＩＳＳ所肩負的任務，以及歷代太空人在其中把工作做得多麼棒。尤其一談到彌彥流一與天野河詩緒梨，語氣更充滿熱情，我甚至覺得她的熱忱把整個會場的氣氛都帶得火熱了。有一次她直呼兩人的名字「流一和詩緒梨」，讓人感受到她與他們兩人的距離有多近。

時間在不知不覺間過去，演講即將結束。

——奇怪？

真理亞的演講流暢而熱情，我看著她的臉，硬是覺得不對勁。

真理亞她……

她的左臉頰，肌膚曬成小麥色，很有彈力。

——她的臉，是幾時受傷的……？

這是我很久以前就有過的疑問。當我進行Space Write後，第一次和她見面時，看到她的臉最先產生的就是這個疑問。

正常來說不會弄出那樣的傷痕。一道像是在臉上劃過的刀傷似的傷痕。一種不是被撞，也不是被打，若非刀刃劃過就不可能會有的傷痕。

我聽不進演講。

我往記憶底部翻找，想著真理亞的傷。

但這些記憶就像裹在面紗裡，一想觸及核心，腦子裡就會籠罩上一層霧氣，讓記憶的森林遠去。

就在這個時候。

「啊……」

有液體滴落到手中的小冊子上。液體化為紅點，滴在手冊上的真理亞臉上。這斜斜滴落的紅色液體，在她的照片上留下傷痕般的汙漬。

血淚。

血淚成了扳機，記憶的子彈從已經失落的腦內彈匣射出。比光還快的子彈就像雷射似的穿透我的身體，就像下載過剩的資料一樣，把分量猛烈的記憶解壓縮，喚醒到意識表層。那一天——筑波——暑假——最後一個週日——真理亞——演講——事件——

「等、等等，平野，血、血！」

伊萬里似乎嚇了一跳，拿手帕來擦我的臉。但我幾乎聽不進她的叫聲。

我想起來了——總算想得起來了。

「平野，你、你還好嗎？我們去醫院吧？好不好？好不好？」

掌聲響起，與伊萬里安撫的聲音疊合。那是演講結束的信號。

「接著，我想進入提問的時間。」主持人進行到下一階段。「如果有話想問講師，請舉手——」

這句話尚未說完，前排就有人舉手。時機實在太快，讓主持人似乎也愣住了，然後指名：「那麼就請這位來賓發問。」

主持人走過去，要把麥克風交給那個人。

結果舉手的人物若無其事地上了講台。一個連衣兜帽壓得很低，個子有點嬌小的人物默默地、淡淡地，彷彿這就是他的工作似的走向講台上的真理亞。

看得見戴上連衣兜帽的人物右手握著某種東西。一道光從這個人的手中亮了出來。

——難不成……

那是一種直覺，同時也是一種近乎確信的念頭。回過神來，我已經彈跳著衝出去，跑過座位與座位間的通道。背後傳來涼介與伊萬里的喊聲，但我沒有時間回頭，奔跑之餘，過去的記憶就像快速播放的影片，在腦海中帶我重回現場。盯上真理亞的理由——不倫戀——犯人的供詞——無法原諒不倫戀——好想執行正義——布告欄上的大家都支持我——這一切化為資訊的洪流，讓事件的全貌在我的腦內劇院高速播放。

犯人是三十幾歲的男性，在布告欄上自稱是「Europa」，不斷預告犯罪，遭到逮捕後在拘留所大言不慚地說：「不能上網嗎？」公開判決中，檢察官說他「在女性臉上製造了一輩子不會消失的傷痕」，他反駁：「做個整形手術不就會消失了嗎？」——我看著走上台的人物，拉高了對犯人的記憶以及隨之而來的憎恨電壓，大喊：「真理亞！」

等她轉頭看向我，再喊了一聲「Europa！」警告她。她臉色一變，朝上了講台的「提問者」看去。結果這時提問者也注意到我跑過來，眼睛從兜帽底下跟我對看，一瞬間嚇了一跳似的僵住。我順著奔跑的勢頭一口氣跳向講台，衝了上去，然後朝對方做出飛撲滑壘般的動作。我就在真理亞的眼前，撲向戴連衣兜帽的人物，把他按倒在地。金屬製的物體從對方手上掉落，連衣兜帽翻起，這傢伙就是Europa——

「咦……？」

我維持按倒對方的姿勢，驚愕得瞪大眼睛。

從掀起的連衣兜帽下出現的，是有著雪白的肌膚與一雙大眼睛，長得楚楚可憐的少女。

「為什麼……」

我忍不住出聲問道。

咦？啊？這是怎樣？

「——讓開。」

她喃喃說完，瞪了我一眼。

「趕快給我讓開。」

「啊、嗯……」

我被對方的視線震懾住，從她身上讓開。

她一臉不愉快的表情慢慢起身，首先撿起剛才落地的金屬製物體。這個物體串有鍊子，像是一條項鍊。

JAXA的人員聽到騷動而趕來，但真理亞告訴他們：「沒事的～」

「『是我認識的人』～『兩個都是』～」

然後她看了我一眼，再面向戴連衣兜帽的人物。

「妳不是有問題想問我嗎？」

真理亞這麼一說，這名少女——

天野河星乃，點了點頭。

「那麼，請問我可以問第一個問題了嗎？」

星乃若無其事地說了。

「請說。」

真理亞回答。語尾拉長的習慣已經消失。

——這……

我站在兩人之間，不知道發生了什麼事。觀眾席也一片譁然。這也難怪。擔任主持人的女性也一副「咦？咦？這是什麼情形？」地驚慌失措，完全迷失了自己的職責。

亂遭遭的黑色長髮披在臉上，頭髮底下透出犀利的目光。跟看著我的時候那種冰冷的眼神顯然不一樣，是有著熱度的眼神。那是敵意、是憎恨，還是超越這些的情緒，我不明白。

「請問妳認為妳有資格嗎？」

星乃開始提問。

「……資格？」

真理亞反問。

每個人都無法阻止這個情形，就只是屏息守候在一旁。兩名美麗的女性在舞台上對峙的模樣有點像某種戲劇，超脫了現實。

「就是資格，妳發言的資格。」星乃說明問這個問題的真意。「彌彥流一和天野河詩緒梨，妳針對他們兩人談論的資格。」

「…………」

真理亞以僵硬的表情默默聽她說。

「妳說得像是他們的好朋友，又或者像他們值得信任的同僚，對過世的他們兩人說些當時怎麼樣，這樣那樣，當時真好，好棒，留下很深的印象，太美妙了，發生過很多事——就是妳一臉好朋友的樣子，針對這一切談論他們兩人的資格。」

一臉好朋友的樣子這句話透出了毒性。

「請問妳有嗎？」

星乃挑釁似的問了。

真理亞一度張開嘴脣，然後吸氣，又合起。看起來像是把話吞了下去。

「妳沒能救活在宇宙空間遇到意外的彌彥流一，也沒能幫助失去意識的天野河詩緒梨。妳明明辦得到，能夠指揮，能夠從安全的地方，對處在危險狀態的他們兩人冷靜地給出適切的建議，妳卻沒這麼做。妳腦子一團亂，慌了手腳，拋下了職務——請問我有說錯嗎？」

「……沒有錯。」

真理亞第一次回答了。

彷彿她是個被告人。被懷疑犯罪，基於法律與正義受到裁決的被告人。

「請問這樣的妳，有資格以好朋友的立場談論他們兩人的人生、功績、回憶——談論這一切嗎？」

「……沒……有。」

「我的父母只差一步就能完成ＣＨ細胞的研究，卻因為妳的失誤半途而廢。他們兩人壯志未酬，夢想就這麼破滅。請問這樣的妳，有資格談論我的父母嗎？」

「沒、沒……有……」

說是第一個提問而開始的這段對話，已經甚至不是提問了。

審判的鐘聲在白銀美女的頭上響起。她就像個要被處以火刑的罪人，被吊了起來，尖銳的言語長槍刺進她毫不抵抗的心。

處決示眾。

星乃質問真理亞的「罪」，而真理亞「告解」。這處決的儀式繼續進行。

「他們兩個都死了，妳卻活著，會笑、會吃、會喝，結婚、生了小孩、出人頭地、享受人生。請問這樣的妳，有資格談論我的『父母』嗎？」

她繼續問著同一個問題，用同一把刀一次又一次插向真理亞胸口。

我不曾看過這樣的星乃。恨意的結晶；化為憤怒出口的嘴脣。

「沒……有。」

我不曾看過這樣的真理亞。彷彿自信與膽識化身的她露出無力的表情，在指責的風暴下就只是低著頭，以顫抖的小小聲音認罪的模樣。

——不可以。

我有了這樣的想法。星乃的言語刀刃把真理亞傷得渾身是血。不可以做這種事，不可以讓她做這種事。不管是為了真理亞好，還是為了星乃好。

「請問妳這個接近彌彥流一，試圖勾引他的狐狸精，有資格悼念他的死嗎？」

每吐出一句話，星乃的臉都會皺起。

「——沒……有……」

每吐出一句話，真理亞的臉都會皺起。關於不倫戀的報導，她應該可以反駁。但她不反駁，就只是任由星乃說，任由自己被言語的暴雨打擊。我不知道這是什麼樣的心情，是打算接受懲罰還是覺得自己沒有資格反駁呢？另一邊的星乃也是，她指責對方，但絕對沒有得意的模樣，反而表情痛苦，彷彿每說出一句話都傷到自己。

砍人的一邊被噴出來的血濺到，雙刃的劍用鮮血染紅了雙方。沒有勝利者，甚至不是對決，彼此用劍刺進心中的傷痕，不斷攢刺。

「最後一個，問題。」

握著裁決之劍的少女冷酷地宣告。

真理亞看起來已經到了極限。彷彿用盡了一切，臉上沒有血色，雙手撐在講桌上，銀髮垂下來遮住臉，變得蒼白的嘴唇甚至看不出到底有沒有好好呼吸。

接著她揮下了最後一刀。

「請問妳為什麼，收養了我？」

真理亞抬起頭，嘴脣動成「咦」的形狀。

「惑井真理亞，請問妳，為什麼收養了我？」

「妳問我……為什麼？」

不知道是因為這個質問出乎意料還是太致命，真理亞的喉嚨發出一句分不出是回答還是提問的話。

「這、是……」

「妳又不愛我。」

星乃一度低下頭，咬緊嘴脣，說了：

「妳明明又不愛我。」

重複愛這個字眼。

「為什麼，收養我？」

敬語消失，換上她自己的話。

真理亞抬起頭，喉頭發出「啊」的一聲，然後又一次做出把氣深深吸進肺裡的動作，以應該是現在的她竭盡全力的聲音呼喊：

「因為我愛妳。」

這句愛的言語彷彿是從心臟榨出的血，又像是吐出自己生命的一切。聽到這句包含了一切的愛的言語。

「妳騙人。」星乃否決了。

真理亞就像遞出的心臟被一把捏爛，微微呻吟。

「妳騙人，妳騙人，妳騙人。」星乃像要踏扁這顆心臟似的說個不停。我覺得她會死。我覺得再這樣下去，真理亞會死。

「我沒有……騙、妳。」真理亞回答。

星乃搖搖頭，長長的瀏海搖動。

「妳騙人。妳就只是想懺悔。妳只是想把自己的罪過馬虎帶過，就只是想裝好人，想稀釋自己的罪惡感才這麼做。這不是愛，只是自私。」

這非常殘酷。養育的「母親」說愛孩子，而「孩子」否決。談論起愛，孩子這個定位很卑鄙。哪怕父母握有絕對的決定權，但在有沒有愛、有沒有得到父母的愛這一點上，孩子的裁決是絕對的權威。那是一種有如天神裁決，無處可逃的殘酷。

「妳為什麼一句話都不說？為什麼不說話？其實妳只覺得我是個囂張的臭小鬼吧？既然這樣，當場揍我不就好了？」

「不……對……」

「妳恨我吧？覺得我礙眼吧？因為，只要沒有我在——」

這個時候，星乃的話停了。

理由很單純。

因為我站到了她身前。

「你……」

星乃睜圓了眼睛。

她反覆眨眼，看著我，露出不敢置信的表情。八成直到剛剛，她根本就忘了我待在這裡吧。所以我進入她的視野，她才會不知所措。

我站在這裡的理由很簡單。要是再這樣用言語的刀刃互砍，真理亞就會死掉。不是她的身體，是她的心會死。

而星乃也——

「不行啦，星乃。」言語很順地說出口。「不可以說這種話。」

「讓開。」

「真理亞伯母不是這樣的人。」

「你讓開。這不關你的事吧？」

星乃根本不把我放在眼裡，揮手命令我讓開。

但我不讓。

「真理亞伯母，一直愛著妳。」

雖然變成在這個像在演戲的舞台上，說出像在演戲的台詞，但我仍然不猶豫。

「你讓開。」

對話沒有交集。

「其實妳也很清楚吧？」

「你讓開，不然——」

啪一聲清脆的聲響。

——唔！

有東西打在我胸口。一種像是被強勁的彈簧彈到，獨特的尖銳疼痛。

星乃的手上握有小小的布偶。以前在她公寓也看過，用來擊退可疑人物的改造空氣槍。這飛碟形的布偶就暗藏了這樣的空氣槍。

「我不會讓。」

我這麼一說，又是一聲清脆的聲響。疼痛傳來，但這沒什麼大不了的。因為，真理亞剛才挨的那些言語的刀刃，遠不是這點疼痛所能相比。

「你讓開。」「我不讓。」

剛才我撲倒她時，被她一喊就忍不住讓開。

但現在不一樣，我會待在這裡是有理由的。我有理由不能讓。我確信。

「讓開。」啪的一聲響，空氣槍的ＢＢ彈命中我的胸口，彈開後落到地上。「我不是叫你讓開嗎！」

啪、啪。空氣槍連射。很痛，但是不可怕。

反而倒過來了。

「為什麼……」少女一邊開槍一邊後退。「你是怎樣？每天每天，都來我家，就算攆走，又跑來。你是怎樣？」

「我是妳的同班同學。」「別跟我開玩笑。」

命中，然後彈開。子彈滾到腳邊。

星乃邊開槍邊後退。她一寸寸往後退，彷彿在打一場撤退戰，從奈何不了的敵人面前退開。舉在手上的飛碟形布偶吐出塑膠彈打得啪啪作響的模樣，仍然有幾分稚氣。

相信看在她眼裡，會覺得我就像個不管開幾槍都不死的殭屍吧——星乃現在大概真的怕了我吧——想到這裡，我的心情也鎮定了些。

星乃很膽小。她怕生，很不會說話，最不拿手的就是溝通。這樣的她，到剛剛都能顯得那麼強勢，是因為對象是真理亞。

因為面對的是愛著星乃，給予她保護與慈愛的真理亞。

我知道這是一種粗魯的「撒嬌」。舉例來說，就像嬰孩搥打母親的行為。我知道這是一種笨拙的溝通手段。

因為我一直看著。我在未來跟她一起度過的五年，一直看著。

我沒有自信。既沒有勇氣挑戰不知道會有什麼結果的事，或是覺得絕對會失敗的事，而且也沒有像伊萬里那樣的毅力，去挑戰難以實現的夢想。

可是，如果是我知道的事，我就辦得到。

星乃並不恨真理亞，就只是有那麼一點點心意沒能相通以及疙瘩，所以無法老實。就只是她的心靈所受的傷太深，蒙蔽了她的眼睛。

「妳應該已經察覺到了。」

「不要過來！」

「妳察覺到了。其實，妳……」

「不對！」

她呼喊著。

「不是叫你不要過來嗎……！」

我每踏上一步，星乃就開「槍」。啪啪幾聲清脆的聲音響起，我的胸口傳來疼痛。塑膠槍彈落到地上，聽起來就像彈殼落地。

「不可以啦，星乃，這樣不可以。妳要好好說出來。不是用槍彈，也不是用責難……妳要好好說出妳心裡的『感情』。」

我如此訴說並且想起。這是我和星乃度過的「第一週」發生的事情。為了實現她的夢想，我奉陪到底。首先是為了克服她的繭居，拚命對她訴說「信任別人」這件事。對這個說「沒有一個地球人值得信任」的少女，細心、不厭其煩、不屈不撓、樸拙地訴說信任別人的重要。去跟附近便當店的大嬸買便當、付錢，如果對方多給了什麼就要道謝——我就是這樣一件事一件事耐心地開導她。

「星乃，妳應該懂的。」

我又踏上一步。

「就叫你不要過來——」

星乃仍然拿著槍，但這次沒有子彈飛來。只聽到喀、喀幾聲空響，告知子彈已經沒了。

我在離她只剩幾步遠的地方停下了腳步。星乃往後退，被逼到只勉強還能從觀眾席看到的位置。布偶輕輕從她手上落地。

「為什麼……」星乃嘴唇顫動，帶著蘊含震驚與害怕的眼神說：「為什麼，說得出這種話……」

剛才那攻擊性很強的態度消失，取而代之的是一個對「我」這個外來者完全不知所措的少女模樣。

現在相信她一定聽得進我說的話。我有了這樣的念頭。不是隔著公寓厚實的牆壁，而是言語直接傳得到的距離。只有現在，只有現在這一瞬間……

「星乃，妳聽我說。我——」

我直視她的眼睛，準備對她訴說萬般思緒。

就在這時。

「大地同學……！」

我聽見涼介的呼喊，接著有人喊出一聲：「危險！」

——咦？

我轉頭的瞬間，驚愕得瞪大眼睛。

那裡站著一名男子，戴著有「ＪＡＸＡ」Logo的帽子，穿著不像夏天會穿的厚外套，眼神顯得可疑。

我覺得眼熟。是我在廁所撞到，後來坐到葉月旁邊的那個男子。

什麼時候上來的？

男子看起來顯然不對勁。他唸唸有詞，用布滿血絲的眼睛凝視我。然後手伸進懷裡，拿出的是——一把大型的刀子。

——原來是這傢伙嗎！

我一瞬間理解了事態。這個亮刀男，就是在真理亞臉頰上留下傷痕的犯人。

是Europa。

我站在犯人與星乃之間好護著她。待在講桌前的真理亞離我們有點距離。

看到刀子，觀眾一陣譁然。有人尖叫，有人退往出口，也有員工聽到騷動起來。

「唔啊啊啊！」

男子胡亂揮刀，衝了過來。

我心想不妙，但我不能逃走。對方盯上的多半是星乃。只要看他那布滿血絲的眼睛，不用想也知道，他臨時將目標從真理亞換成了星乃。

就在我打算先躲開他第一刀的瞬間。

——什……！

想也不想就動的右腳踏上了某種東西。鞋底傳來唰的一聲，我失去平衡而跌倒。

糟了……！

我背部著地，想勉強穩住姿勢而伸出去撐的手碰到了東西。色彩繽紛，只有幾毫米大的球體——ＢＢ彈。是剛才星乃亂射出來的。

男子重新握好刀，我一時站不起身。他對我看都不看一眼，朝著星乃這個目標直線衝了過去。我伸出手想抓住他的腳，但抓不到。星乃瞪大眼睛，全身僵硬，恐懼讓她臉色發青。

會被殺。星乃會被殺。住手，不要啊——我在心中一再呼喊，等我好不容易爬起，犯人已經衝到星乃眼前。

來不及。會死，星乃她，會死掉——

這一瞬間，有個東西有如一陣疾風從我身旁掠過，一轉眼拉近距離，擱在犯人與星乃之間。

「唔啊……！」

鮮血飛濺。犯人的刀子割開皮膚，觀眾席的尖叫聲更大了。

被砍到的是個身材高挑的銀髮女性。她抱住星乃護著她，用自己的身體擋住凶刀。

「真理亞伯母……！」

血從她的肩膀噴出，染紅了舞台。離她最近的犯人臉上濺到血，一瞬間退縮了。

——趁現在……！

「唔喔喔喔喔！」

我大吼一聲，撲向犯人。一記肩撞頂向犯人的腹部，撞得他倒地，刀子也跟著應聲落地。

「你這傢伙……！」

我失去理智了。有著「ＪＡＸＡ」Logo的帽子脫落，露出一張陌生的中年男子臉孔後，我就朝他的臉揮下拳頭。啪的一聲悶響，犯人的臉往旁一歪。背後聽見星乃呼喊：「真理亞，真理亞……！」我聽著她的叫聲，繼續騎在犯人身上朝他揮拳。

然而——

下一拳還沒打到，就聽到一聲清脆的聲響，有東西在我面前爆開。

「啊……」

叮一聲撥動琴弦似的聲音響起，我視野歪斜，從犯人身上倒下。

唔、啊……！

我無法呼吸，視野晃動，一種比爛醉還嚴重的酩酊感，維持不住姿勢的虛脫感。最強烈的是，臉的右側有種噴火似的灼熱感。

「哈、哈！哈哈哈哈哈哈——！」

看得到犯人發出怪叫聲抬起上半身，拿著一個東西指向我。看在倒地的我眼裡，像是橫式的歪斜照片。

他手上發光的深灰色金屬，看起來像是「槍」。

這……！

「我、我、我我我執行了……！」

犯人以破嗓的聲音大叫。

「我、我我，執行了，正正正、正義，啊……！」

太離譜了……

我太小看他了。姑且不說刀子，竟然連手槍都有。

不對。

這和我八年前的記憶不一樣。那個時候只有刀子，現在卻有手槍。有東西偏掉了，有地方弄錯了。未來──

走樣了。

「那麼，該、該、該，收尾了……！」

於是犯人──

將槍指向星乃。

星乃瞪大眼睛。真理亞壓在她身上。真理亞肩膀流出的血將一身套裝染成深紅色，但她仍然當星乃的盾牌，試圖用全身保護她。

苦澀的記憶甦醒。無數的流星、墜落的ISS、消逝的星乃、在銀河莊庭院裡被真理亞打的自己──我從現在癱在地上的自己身上，看到了那個時候沒出息的自己。

──救、救、我。

就是現在。

此時此地，要是救不了星乃，那我到底是來做什麼的……！

一股憤怒似的情緒驅策著我。這是對誰的憤怒？是對犯人，對自己，還是兩者都有？我任由右臉滴落鮮血，撐起上身站起來。被槍打中的右耳附近，覺得好像只有這一帶的空氣變得沉重，不斷傳來昆蟲振翅般的嗡嗡聲。而在被自己的血染紅的視野中，犯人轉過來面向我。多半是沒想到我竟然會站起來，他看到我，露出驚訝的表情。

我踏上一步，犯人就怕了似的微微退後。他舉著槍，槍口從指向星乃轉而朝向我。

——很好，這樣就對了。

我拖著自己滴下的血往前進，再度站在犯人面前。我身後不遠處就是星乃，以及緊緊抱住她的真理亞。

「讓、讓開啦，讓開。」

犯人口吃地呼喊，槍口指向我。然後槍口往左右擺動，用手勢一再要我讓開。

「叫你讓開！」

「我不讓。」說話有血的滋味。

「咦……？」

犯人慌張地表情抽搐。他眼睛四處張望，眨眼次數變多。

「我、我、我會殺了你喔，會死喔。」

「儘管試試看。」

連我都不知道自己在說什麼。我不冷靜。站在有槍的犯人面前，還做出挑釁的回答，這怎麼想都覺得……

犯人的手指放上扳機。這不是ＢＢ彈。是實彈。

「要是現在讓開，我待在『這個世界』的意義就會消失。所以──」

我把話語混著嘴角流下的血一起吐出來。

「我不讓。」

「你、你這小……說什麼……」

不可思議的是，我不害怕。

要是現在讓開，星乃就會死，真理亞會中槍。所以我不讓開。若說連這樣的我也還有那麼一點點可取之處，那也許就是對於結果已確定的未來有著強得莫名的自信。

雖然我會怕已經知道會失敗的事情。

雖然我不敢挑戰得不到成功保證的未來。

可是──

槍聲響起。

砰一聲響亮的聲音，舞台的燈光爆裂，玻璃碎片就掉在很近的地方。他也許是在威嚇，但對現在的我沒有意義。

犯人用雙手持槍，大概是覺得單手開槍會打不準吧。

「臭小子……！」

槍口直指著我。外行人拿手槍，沒這麼容易打中——為了鼓舞自己，我搬出了臨陣磨槍的知識。

槍聲又響起了。

這次臉旁吹過一陣風。背後傳來尖叫聲，還聽見槍彈在某種物體上彈開的聲響。回頭一看，星乃害怕得一張嘴又開又合。我和真理亞瞪視般的視線對上了。子彈沒打到她們兩人，讓我鬆了一口氣。

然而，瞄準的點確實愈來愈接近。這一槍幾乎擦到我的臉頰，下一槍肯定不妙。

犯人朝我靠近了一步。他以行動表現出下一槍要打中的意志。相對地，我臉上流出的血液比想像中多，沒有要停的跡象。視野一瞬間模糊，覺得只要稍一鬆懈，意識就會被帶走。原來中槍就是這麼回事啊？即使不是致命傷，但還是不覺得有辦法迅速行動，光是站在這裡就已經費盡力氣。

扣下扳機。

啊……

有東西從右眼流下。本來就紅的視野裡又混進了另一種紅。

我憑感覺知道。

——是「分歧」。

我所知道的「第一輪」和我現在所在的「第二輪」，這兩者之間錯開時，就會流出這種「血淚」。伊萬里車禍時、沒見到星乃的大ＩＳＳ展時，以及真理亞受到攻擊的事件，還有現在也是。

我直覺知道。

我會死在下一發子彈下。

一瞬間，各式各樣的光景從腦海中掠過。就好像Space Write時那樣，像是將自己的半生濃縮，然後一舉回顧的走馬燈的光景。從出生、上幼稚園、成了小學生、踢足球，但又贏不了會踢的人，學會偷懶，然後國中、高中、大學、就業，也全都用省電模式，保持高ＣＰ值混過去。但這樣的人生，什麼成果都累積不了，什麼都學不到，什麼成就感都沒有，是一場無聊到了極點的人生遊戲。

這樣的遊戲，現在就要結束。

——我很擔心大地同學。

我心想，沒錯。這是星乃即將被流星雨吞沒之際，對我說的話。

——大地同學你啊，該怎麼說，總是酷酷的，有點玩世不恭，對吧？所以我就想說你這種個性將來一定會往不好的方向起作用。

星乃，妳說得沒錯啊——我在心中這麼想。

妳說得沒錯，我失敗了，在人生中吊車尾。一個吃垃圾維生的無業窩囊廢，即使用上Space Write這種犯規手法，到頭來搞不定的事情還是搞不定。

——啊……

臉頰上有感覺。一種火熱的感覺。我在哭嗎？到底為什麼而哭？為了自己沒出息的人生？還是為了跟星乃的第二次離別？

我不經意地回過頭，星乃用害怕的眼神看著我。當我們目光交會，她大大的眼睛眨了眨，是我所熟悉的那個膽小、討厭地球人、對活著這件事很笨拙的，好幼小好幼小的少女。

——我想救她。

我在出血嚴重的朦朧意識下，覺得自己還是想保護這個少女。

我的身體變成蜂窩也無所謂。

心跳停止也沒關係。

沒錯，星乃。

唯有星乃。

——我一定要救她，拿我的生命去救。

接著決定命運的時刻來臨了。

犯人的手指扣上扳機，這一瞬間硬是很像慢動作。面對最後要射出的命運槍彈，我卯足最後一絲力氣蹬地，朝著犯人、朝著子彈，直線跑過去。啊啊，星乃，妳等著，我絕對，會救妳——

下一瞬間。

叩！

突然有個「東西」砸在犯人頭上。這一砸之下，手槍瞄的方向歪了，射出的子彈在地上彈開，跳彈偏往大老遠的方向，命中遠處的用品而激出火花。就在這光景看起來都像成了慢速影片的視野中，打中犯人的「東西」在他腦門上彈跳，劃出一道弧線落到我面前，發出喀鏘一聲破碎聲。

——咦？

智慧型手機。

一支超浮誇，鑲水鑽的粉紅色智慧型手機。一眼就看得出是盛田伊萬里的手機。

「唔唔！」犯人按住頭，想撿起腳下的手槍，但這個時候——

「混帳東西！」

有人突然撲向犯人。留長的咖啡色頭髮，胸口戴著銀項鍊。「涼介……！」當我忍不住喊出來時，兩人已經滾倒在地，糾纏在一起。涼介試圖壓制犯人，但對方也拚命抗拒。兩人一再翻滾，上下位置交替，像野獸似的扭打。我也拚命往前走，想去幫忙，但嚴重的出血讓我的身體不聽使喚。

過了一會兒，涼介腹部挨了一腳，嗚的一聲呻吟。犯人繼續踹涼介，把他從講台踢下去之後，手伸向掉在地上的手槍。

——不妙！

犯人撿起槍，槍口再度朝向星乃。

「天野河星乃——」

犯人以歪斜的嘴脣叫出她的名字。

下一瞬間。

「什……！」

犯人瞪大眼睛。一個人影出現在他身前。

這個人毫不畏懼對方手上的槍，高高抬起腳，露出雪白的大腿一舉掃過。那是一記強烈的——

迴旋踢。

犯人握槍的手臂被踢得要變形，整個人摔出講台，摔向觀眾席的椅子，發出盛大的喀鏘聲。

使出這一記豪邁踢腿的人——惑井真理亞，任由血從染成深紅色的套裝繼續流。

「你對我家小孩做什麼！」

她大吼一聲。

警衛湧上來撲向犯人，站在手槍旁的職員撿起手槍。犯人仍然在掙扎，但很快就被壓制住，安分下來。

我一直看著這情形。犯人已經不動，完全沉默。事件結束了。當我有這樣的確信，突然覺得周圍的聲音都回來了。遠方聽得見警笛聲。「媽媽！」可以看見一旁的葉月跑向母親。

至於我，則慢慢站起，走過台上。

——星乃。

台上有一名少女以茫然的表情癱坐在那兒。她的表情顯得心不在焉，臉色蒼白，彷彿連眨眼也忘了似的僵著不動。

「妳還好嗎？」

「啊……」

小小的嘴唇用洩出空氣似的聲音想說話，但並未形成發音。

「沒有受傷嗎？」

她點了點頭，就像一具忘了言語的人偶。

星乃抬頭看著我，然後吸了一口氣，喃喃說道：「……血。」

「嗯？」

「在流血……」

「啊啊，這沒什麼。」

我用袖子用力擦了擦自己的臉。衣服染得比我想像中更紅。

大概是因為放下心，疼痛突然來襲，但這種事一點也不重要。

星乃活著。

只要她活著，其他什麼都不需要。

「站得起來嗎？」

我伸出手，但伸出的右手一片血紅。「啊，抱歉……」我說著就要收手。

然而——

星乃迅速伸出手，握住了我的手。冰冷到了極點的雪白小手放到我的手掌上，柔軟得像是一握下去就會弄壞。

「對不起啊……」從混著血的唇間說出的話莫名地是道歉。「剛才，我對妳很踐地訓話，講了一大堆——」

現在的我一定在笑。

「不行的是我啊。」

「…………」

少女把一雙大眼睛睜得更大，仰望著我。她的表情就像太空中的星星一樣閃亮，但看不出她在想什麼，只是那轉眼間盈眶的淚水讓我好安心。

「那我走了。」

我轉過身。

「啊，等一下！那個，呃……那個……謝……」

「妳該道謝的對象不是我吧。」

「咦？」

「喏。」

我用視線示意，那兒站著她的監護人——就如字面的意思，就在剛剛保住了她的命，保護她免於受到暴徒傷害的銀髮女性。葉月哭著在身後抓著她。

「……真、真理亞。」星乃以顫抖的聲音叫出這個名字。

「好久沒聽到星乃這樣叫我啦。」

真理亞嘴角一揚。她受了重傷，手臂染血，卻顯得很開心。

「真理亞，手，妳的手。」

「不要緊啦～」

「可是！」

「不要緊，不要緊啦～」

她為了讓星乃安心，笑了一笑，大大的手輕輕摸了摸星乃的頭。

「妳沒事就好。」

「嗚……」被她摸頭的星乃低下頭，小小嗚咽一聲。

然後，水珠一滴滴落到地上。

「哇啊啊啊啊，對不起，真理亞，對不起……！」

星乃撲到真理亞懷裡，開始像個孩子嚎啕大哭。

銀髮女性用滿是鮮血的手臂抱住抽噎的少女，摸摸她的頭說：「沒關係的。」「妳沒有錯。」

「真理亞，真理亞……！」

星乃一再呼喊她的名字，然後反覆說著「對不起」。

——已經不要緊了吧。

我見證這對「母女」相擁，就像戲演完的演員慢慢走到台邊的樓梯。

那裡有兩個朋友等著我。

「平野，血、血！」「大地同學，醫院、醫院！」

他們用同樣的台詞迎接我。

我擦擦臉上的血，露出笑容。「不要緊，只是有點破皮。」「真的假的？」「真的嗎？你整張臉都紅了耶。」兩人半信半疑地盯著我看。

「謝啦，涼介，多虧你來幫忙。」

「什麼話，這是一定要的吧。」

涼介用力豎起大拇指。

「伊萬里也謝啦。那球投得漂亮。」

「新買的手機完蛋了就是。」她聳聳肩膀。「哎，不過不搞『走路滑手機』，像這樣『丟手機』就沒關係吧？」

她舉起螢幕破掉的粉紅色手機，眨了眨單眼。

回頭一看，可以看到星乃大哭以及真理亞安撫的模樣。

——太好了，星乃。

我胸口火熱，有種我以前從未感受過的昂揚。

這和我知道的「第一輪」完全不同，ＣＰ值有點，不，是爛得亂七八糟，可是——

可是我在這「第二輪的人生」，還是感受到了確切的滿足。

【recollection】

「方程式不是這樣。」

我睡在醫院病床上，久違地夢到從前。

是在令我懷念的她的房間，銀河莊二〇一號室。

這時的星乃穿著大學講師般的白袍，拿教鞭在白板上一敲。她明明很跩，長相又只是個孩子，一場彷彿在模仿老師的學會。

「大地同學說的『ＣＰ值』，以數學來說就是這麼回事。」

ＣＰ值＝Ｐ÷Ｃ

她在白板上喀喀作響地寫給我看。

「Ｐ是Performance，Ｃ是Cost。」

「這我知道。」

「大地同學說實現夢想的機率只有１％左右，所以ＣＰ值很差。」

「那當然了。然後夢想沒實現的話，Performance就是零，也就是說Ｐ＝０，所以ＣＰ值爛透了。不是嗎？」

星乃先回我說「是沒錯」，然後又搖搖頭說：「可是，這樣不行啦。」她搖頭的方式顯得非常看不起人，讓我不開心了起來。

「哪裡不行了？」

「算式錯了。」

「算式？」

「這個算式用在選午餐、選旅館或買衣服，就可以套用。選擇價錢便宜但品質還不錯的東西，ＣＰ值的確很好，可是——」

她斷定了。

「這裡有個陷阱。」

星乃把「C」的部分圈了好幾圈。

「這個算式最可怕的地方啊，就是如果想把『P÷C』最大化，只要把C無限縮小就好。也就是說，只要大力縮減努力，CP值就會大大增加。因為『盡可能只出最小的努力』，就是CP值這個想法的關鍵。」

「這種時候，只要把Performance加大不就好了？」

「不會變成這樣。這世上所有事情都會在某個階段遇到『瓶頸』。不管是學業、藝術還是運動，每個人都可以進步到一定程度，但也一定會在某些地方遇到很難突破的『難關』，就像減肥的停滯期那樣，所以接下來的部分才艱難。這種時候，人就會停止追求『P』，而會想透過縮減『C』來提高CP值。因為不管是誰，都很難一直維持難以得到成果的努力。」

「哎，是沒錯……」

「所以，在人生要選的不是『P÷C』——」

她又喀喀作響地在白板上追加新的「算式」。

A×C＝P

「要選就選這邊。」

星乃說到這裡，用教鞭朝白板上一敲。仔細一看，教鞭前端還加了個行星標記，從那眼球似的紋路來看，似乎是木星。

「這是什麼？」

「夢想的方程式。A是Ability，也就是才能。才能與努力相乘，也就是說『才能×努力』，是決定夢想實現可能性高低的方程式。」

「那麼，為什麼這會比CP值好？」

「很簡單。」

星乃又用筆把「C」圈了好幾圈。

「為了實現夢想而努力的時候，夢想愈大，人就會把努力增加到愈大。剛才的『CP值＝P÷C』，是讓人想把努力最小化的動機起作用；相對地，這個『A×C＝P』則是P愈大——也就是夢想愈大，就非得讓C也跟著愈大不可，所以會往把努力最大化的方向起作用。這才是正確的人生方程式。」

少女嘿嘿兩聲挺起胸膛，然後又對我發問：

「大地同學，你要選哪一邊？」

我嘿地一笑，這樣回答：

「CP值好的那一邊。」

「哼～～」

少女的臉頰鼓得像太陽一樣，掛著木星的教鞭朝我飛來，命中我的身體。「痛死啦！不要亂丟東西啦，笨蛋。」我這麼一說，她就發起已經成了慣例的牢騷。

「大地同學缺乏夢想。」

終　章　嶄新的未來
——二〇一七年八月三十一日十七點四十五分

暑假最後一天。

我在陽光耀眼的街上直線朝目的地前進。好幾天沒走的街上，景色和平常理應沒什麼兩樣，但現在看起來卻覺得很新鮮。

事發後過了四天。

這起事件被安上「ＪＡＸＡ職員遇襲事件」這個簡單扼要的名稱，各媒體也都大舉報導。嫌犯名字叫富樫正明，三十九歲，在當地企業擔任正式職員，連日在網路匿名布告欄上寫下對天野河星乃的批判，最後提出「8．27　執行正義」的犯罪聲明。最後他也如同自己的聲明，攻擊ＪＡＸＡ職員，使用刀子與手槍鬧事。演講中的ＪＡＸＡ職員惑井真理亞及兩名觀眾分別受到輕重傷，並因為嫌犯用於犯罪聲明的ＩＤ，「第二Europa事件」這個通稱很快就確立。

我的右臉頰被槍彈擦過，為了進行治療和檢查，結果在筑波的醫院住了四天左右。被子彈打傷的只有一層皮，比起出血量，傷勢本身沒什麼大不了的。醫生煞有介事地說我的右臉也許會留下一些傷痕，但我根本不在意。

本來，真理亞的左臉頰上會留下一輩子都不會消失的一道大傷痕。只要想說這道傷痕轉移到我臉上，反而甚至會覺得很自豪。

不幸中的大幸，就是真理亞手臂的傷似乎不那麼嚴重。她被刀子割傷的右手，說重傷的確是重傷，但主要的肌腱和骨骼都沒事，似乎也只需要短時間住院。

「真理亞伯母，那我走了。」

我比她早一步出院，回去前先到她的病房露個臉。真理亞手臂纏著繃帶，在銀色瀏海下輕輕瞇起一雙大眼睛。

「謝謝你啦，大地。」

「咦？」

「是你救了我們。」

她這麼說完，用沒受傷的左手輕輕把我擁進懷裡。胸部的柔軟觸感撞上我的臉，頭髮輕撫弄得我的臉癢癢的。

我本想把這句話的意思問得更清楚，但想起那起事件時，真理亞和星乃最後抱在一起的模樣，就覺得問這個也太破壞氣氛了。

○

「視網膜ＡＰＰ」那件事有了意外的結局。

Europa事件隔天，Jupiter公司宣布解散，相關的ＡＰＰ商店事業全都讓渡給其他競爭業者。另外，視網膜ＡＰＰ說是發現了掃描用的光線有故障情形，被呼籲要立刻停止使用。

公司解散後，和Jupiter公司有交易的相關企業與工程師們之間盛傳奇妙的傳聞。一個是本來營運順利的Jupiter公司為何解散，另一個則是執行董事「六星衛一」忽然消失得無影無蹤。

我試著打電話到Jupiter公司。「您所撥的電話號碼已經無人使用」這句語音，在我覺得起了一陣惡寒的耳邊迴盪。

○

二〇一七年八月三十一日十七點四十五分

「奇怪了……？」

這天下午，一名少女站在銀河莊前。頭上綁得老高的金髮讓我一眼就認出她。

「伊萬里？」

「我想說只要在這裡等就可以見到你。要知道我今天可是連醫院都跑過了喔。」

「不好意思，我一大早就出院了，還被爸媽罵了。」

今天早上我坐立不安，一大早就辦好出院手續跑出來了。因為我想盡快見到星乃。

「平野你有時候實在很亂來耶。」她看著我的臉，微微一笑，然後擔心地問起。

「你的傷勢怎麼樣？」

「什麼事都沒有。新皮膚都長出來了。」

我輕輕摸了摸右臉頰上的紗布。醫師說痊癒過程很順利，之後只要清潔還有塗膏藥，應該就沒事了。

我們說到這裡，伊萬里深深吸氣，然後吐氣。

「我、我說啊，我呢，今天，有話想跟平、平野你說。」

「怎麼啦？突然這麼鄭重。」

「我、我啊──」

她將右拳貼在胸前，用力握住，注視著我。臉很紅。

「我對，平野你──」

這個時候。

「大、地、同、學～～！」

有個少年用力揮著手，從大馬路另一邊走過來。

看到涼介突然登場，伊萬里嚇了一跳，閉上了嘴。她吞了吞口水，像是硬把要說的話吞回去。

「哎呀～～大地同學你好過分喔～～！你說今天出院，我還去接你，結果你早就跑了～～！」

「不好意思，我把你忘了。」

「好過分喔～～好過分喔～～大地同學是笨蛋～～」

涼介就像約會被放鴿子的情人一樣，嘴上說著，身體還扭來扭去。

「所以，伊萬里，妳剛剛要說什麼？」

「咦？啊，沒有，不用了不用了，不是什麼重要的事情！」

伊萬里說到這裡，罵聲：「你這白痴！」猛力朝涼介的屁股踹了一腳。

「痛死啦！幹嘛踹我啦？」

「少囉唆！為什麼你現在給我跑出來！」

「好痛，痛痛痛！不要這樣，不要踢了，不要踢我的重要部位！」

伊萬里賞涼介幾記毫不留情的上段踢。搞不清楚他們感情到底好還是不好。

「痛痛痛……可是，大地同學真的好猛耶。」

涼介一邊防禦胯下一邊看著我說。

「你在說什麼？」

「就是那個事件啊。犯人拿出手槍時，你不就拿自己當肉盾幫星乃擋嗎？大地同學果然很猛，我就絕對學不來，簡直是好萊塢電影的主角啊。」

「沒有啦，我只是太拚命。」

「不不不～那很猛，真的不簡單，我超尊敬的啦。」

涼介把我捧上天，讓我不知該如何自處。「你的傷怎麼樣了？」「已經沒事了。」這樣的對話過後。

「——那麼大地同學，我們差不多要走了。明天學校見。」

「你們要走啦？」

「你不是要去找天野河嗎？我這個人只要看到正妹，不管是誰都會去搭訕，但實在沒辦法擋在你的情路上啊。我們走啦，駱駝蹄。」

「不要叫我駱駝蹄！」

「那大地同學，再見啦。」

「謝啦，涼介！那個時候你來救我，我真的很高興。還有伊萬里也是，妳丟手機幫了超大的忙。」

「我、我是……回過神來就已經丟出去了……什麼都沒想。」

「是啊，我也是我也是。不知不覺間就一股腦兒衝過去了。」

「你們兩個真不要命。」

「只有平野你沒資格說我們。」

大家齊聲哈哈大笑。

「不過啊——」涼介有點靦腆，小聲說了：「我們總算是對大地同學報恩了吧？」

「咦？」

這句意料之外的話讓我嚇了一跳。

涼介聳聳肩，有點不好意思地說：

「大地同學，你在我們危急的時候，不都會很瀟灑地趕來幫忙嗎？不管是考試猜題、這次的暑期講習，還有我遇到留級危機的時候都是。所以啊，我一直在想有沒有辦法至少還你一次恩情。而且之前為了星乃的事情幫忙時，到頭來我也沒能找到什麼大不了的情報。」

「沒這回事……」

「就是啊，平野。你要多依賴別人一點，我們也是幫得了你的。」

兩人看著我，沒有說笑的樣子這麼告訴我。「伊萬里妳只有扔手機吧？」「比你管用啦，笨蛋涼介。」看著他們兩人這樣對話，我覺得胸口有一股熱流往上衝。

「真的很謝謝你們兩個。」

「太見外了啦，大地同學。」「就是啊，平野。」

兩人露出微笑，然後講了幾句道別的話就離開了。

彎過轉角時，可以看見伊萬里大喊：「你再晚個五分鐘來啦！」並踹了涼介的屁股一腳。

等到看不見他們兩人的身影時，我在原地深深一鞠躬。

○

銀河荘，二〇一號室。

我到底站在這房門前多少次了？我懷著這奇妙的感慨，再度站到門前。

我把手伸向對講機想按門鈴。

叮咚～

我定睛細看，看見有種像是光的東西在螢幕上掃過。一如往常，似乎只要一按「木星」，機器就會掃描我的「眼睛」。這與其說是為了讓我進去的認證系統，還不如說是星乃用來檢查訪客的識別系統吧。雖然未經許可就收集虹膜或視網膜之類的資料，似乎也會有侵犯隱私方面的問題就是了。

——我這才想到，星乃是幾時發明了Space Writer？

就在我心中湧起這個疑問的時候，螢幕上的通話指示燈亮了。

『…………』

我得到了無言的迎接。只消這麼點跡象就看得出來這點，是我一再在這個地方被甩的副產物。

「嗨。」

『…………』

聽得出她在無言當中深深吸了一口氣。

光是知道她在聽，我就莫名地好開心。這是為什麼呢？

「今天，我出院了。」

『…………』又有了短暫的吸氣空檔，然後是一陣輕微的磨蹭聲，又傳來吸氣聲，然後……

『……是嗎？』

有了回答。星乃說話了。或許是因為隔了四天，總給我一種有點新鮮的印象。

「後來怎麼樣？都沒事嗎？」

『沒什麼。』

這是她一如往常的粗魯回答。

但這樣就夠了。聽得到她在，感覺得到她活著，隔著門可以隱隱約約感受到她的存在。光是能感受到這些，我就心滿意足了。

二〇一七年八月三十一日十七點四十五分

我輕輕按住胸口。

——又來了。

胸口好熱。這是那天從Europa手下救了星乃時也感受過的胸口的火焰。

——對我來說啊，一旦放棄夢想，那就成了「百分之百」會後悔的人生。

之前伊萬里說過有關「夢想」與「後悔」的話題。當時我不認同，但現在就覺得好像懂了一點。

從內心深處驅策我的這火熱心意。

——大地同學缺乏夢想。

想必這個溫度很接近人追逐夢想時的熱情。

「啊，對了。」

我退開一點，就像寫信寫到最後補個「P.S.」似的補上一句。

「從明天起就是第二學期，所以我來的時間會晚一點……那我走了。」

就在我真的要離開的時候。

喀嚓。

——！

回頭一看，門已經開了，一名少女從門後探頭。

「啊。」「喔喔。」

我們彼此發出像是嚇一跳的聲音。我沒想到星乃會出來，星乃也像是為自己竟然開門而嚇一跳。

「恭？」

「……那個……」星乃忸忸怩怩。「恭……恭……」

「恭喜你，出院。」

啊……這句意料之外的話讓我忍不住瞪大眼睛。

「喔、喔喔，謝啦。」

「還、還有——」

星乃看了我一眼，然後低下頭，轉過去背對我，做出像是用手指在手上寫些什麼的動作——我想那多半是她母親教她的那個讓自己不緊張的小小魔法，在手掌心畫「☆」符號吞下去。

「茶。」

她轉回來小聲說。

「咦？」

「茶。」她又說了一次，低下頭，然後往上看著我說：「要進來喝個茶嗎？」

——進來，喝個茶？

我伸手想捏自己的臉，看看是不是在作夢，然後發現臉上有被子彈打的傷，於是捏了捏大腿。會痛。

「可、可以嗎？」

星乃點了點頭。

我總覺得不敢置信，朝星乃踏上一步。星乃嚇了一跳，但這次並沒有躲進家裡，也沒朝我開空氣槍，而是站在原地等我。

五公尺、四公尺、三公尺、兩公尺。

然後是一公尺。踏上最後一步之前，我又問了一次。

「可以嗎？」

「……嗯。因為——」

星乃窺看我的臉色，然後撇開視線說：

「真理亞要我這麼做。」

真理亞——星乃以前一直稱她為「那女人」，現在卻好好叫她的名字。

「知道了。那我就打擾一下吧。」

「……嗯。」

我輕輕地踏出最後的一步。星乃像在等我進去，把門開得更大，空出一條通道。

零公尺。

「很、很亂就是了。」

「我知道。」

「咦？」

「沒、沒有，我什麼都沒說。」

一走進玄關，就看到厚實的艙門。

「不、不要笑喔。你敢笑，我就把你打成漢堡排。」

「那我會很為難啊。」

「這、這是，那個——」

「太空船？」

「咦？」

「我這麼覺得……可以進去嗎？」

「啊，嗯、嗯。」

接著她有點難為情，卻又有點囂張地說了：

「我是船長天野河星乃。」

電子語音對這句話回答：『允許乘船——艙門開啟。』過了一會兒，厚實的艙門帥氣地滑開，室內的光射了過來。

那場流星雨的謎還沒解開，我也並不是已經知道拯救星乃的方法。

可是，有一件事我很確定。

我現在，確實——

朝全新的未來邁出了腳步。

（完）

後記

各位讀者幸會，我是松山剛。這次非常謝謝各位讀者拿起本書《在流星雨中逝去的妳》。

本作的主題是「夢想」。一種每個人小時候都曾經懷抱過，但隨著成長而漸漸淡去，拋諸腦後的事物。職棒球員、偶像明星、漫畫家、太空人、總理——天真無邪地寫在國小畢業紀念冊上的「夢想」，不知不覺間已經被趕到手搆不到的地方，在房間角落生灰塵。我自己就是如此，認為長大就是這麼回事，就是從「夢想」中醒來，面對「現實」。

「我告訴妳，『夢想』這種東西，百分之九十九不會實現啦。」本作的主角在劇中說了這樣的台詞。夢想不會實現，所以追逐夢想這種東西也不會有什麼好下場，會弄得找不到像樣的工作，存款和年金都變得更少，退休後會過得很悲慘。所以夢想這種東西丟掉就好了——可是，真的是這樣嗎？我懷著這樣的想法寫下來的，就是本作。女主角最後寫給主角看的「方程式」能導出什麼樣的解答呢？如果能透過這整個系列，和各位讀者一起思考這個解答，那就是萬幸了。

多虧了許多人的幫助，本作才得以問世。

I責編，從企劃階段到改稿都盡了莫大的心力。在此深深感謝您陪我一再改稿。

插畫師珈琲貴族老師給了本作許多美妙的插畫。從發售前的主視覺設計到人物的草稿與彩色插畫，每次收到您的畫都讓我開心得沖昏頭。真的非常謝謝您。

本作進行的宣傳活動中採用了一項創新的嘗試，也就是發售前就發布發售前原稿讓讀者「搶先看」。收到的徵求數超乎想像，還從發售前就連日收到許多感想，以作者來說，享受了一段非常奢侈的幸福。協助本次活動的各位，真的謝謝你們一貫的支持。與本書製作、販賣、通路有關的各位，我要借這個機會對各位致上深深的謝意。

而現在拿起本作的各位讀者，我想傳達的事就和寫在發售前活動的訊息一樣，所以在此從中引用一部分作為本篇的後記。

【這部作品的女主角名字叫「星乃」。就像太空中有許多星星，我想人生中也有很多夢想的形式。新發現星星的人，能夠為這顆星星取名字。如果這部作品對您而言，也能成為一次有如在夜空中發現小星星的邂逅，身為作者將會感到望外之喜。

二〇一八年四月　松山剛】

國家圖書館出版品預行編目資料

在流星雨中逝去的妳 / 松山剛作 / 珈琲貴族插畫；
邱鍾仁譯 -- 初版 -- 臺北市：臺灣角川，2019.10
面； 公分
譯自：君死にたもう流星群
ISBN 978-957-743-300-8(第1冊：平裝)

861.57　　108014001

Kadokawa
Fantastic
Novels

在流星雨中逝去的妳 1

（原著名：君死にたもう流星群）

2019年10月11日　初版第1刷發行
2022年12月16日　初版第2刷發行

作　者：松山剛
插　畫：珈琲貴族
譯　者：邱鍾仁

發行人：岩崎剛人
總編輯：蔡佩芬
編　輯：孫千棻
美術設計：李思穎
印　務：李明修（主任）、張加恩（主任）、張凱棋

發行所：台灣角川股份有限公司
地　址：104台北市中山區松江路223號3樓
電　話：（02）2515-3000
傳　真：（02）2515-0033
網　址：www.kadokawa.com.tw
劃撥帳戶：台灣角川股份有限公司
劃撥帳號：19487412
法律顧問：有澤法律事務所
製　版：尚騰印刷事業有限公司
ISBN：978-957-743-300-8
